A Pequena Princesa

A Pequena Princesa

FRANCES H. BURNETT

ADAPTAÇÃO
OSWALDO WADDINGTON

7ª EDIÇÃO

Editora Nova Fronteira

Título original: *A Little Princess*

Direitos de edição da obra em língua portuguesa no Brasil adquiridos pela EDITORA NOVA FRONTEIRA PARTICIPAÇÕES S.A. todos os direitos reservados. Nenhuma parte desta obra pode ser apropriada e estocada em sistema de banco de dados ou processo similar, em qualquer forma ou meio, seja eletrônico, de fotocópia, gravação etc., sem a permissão do detentor do copirraite.

EDITORA NOVA FRONTEIRA PARTICIPAÇÕES S.A.
Rua Candelária, 60 – 7º andar – Centro – 20091-020
Rio de Janeiro – RJ – Brasil
Tel.: (21) 3882-8200 – Fax: (21) 3882-8212/8313

CIP-BRASIL. CATALOGAÇÃO NA PUBLICAÇÃO
SINDICATO NACIONAL DOS EDITORES DE LIVROS, RJ

B977p 7. ed.	Burnett, Frances H., 1849-1924 A Pequena Princesa / Frances H. Burnett ; adaptação Oswaldo Waddington. - 7. ed. - Rio de Janeiro : Nova Fronteira, 2019. 192 p. : il. Tradução de: A Little Princess ISBN 978-85-209-4378-6 1. Ficção. 2. Literatura infantil inglesa. I. Waddington, Oswaldo. II. Título.
19-54774	CDD: 808.899282 CDU: 82-93(42)

SUMÁRIO

07 ★ CAPÍTULO 1 ★ SARA
19 ★ CAPÍTULO 2 ★ UMA LIÇÃO DE FRANCÊS
25 ★ CAPÍTULO 3 ★ ERMENGARDA
35 ★ CAPÍTULO 4 ★ LOTTIE
45 ★ CAPÍTULO 5 ★ BECKY
55 ★ CAPÍTULO 6 ★ AS MINAS DE DIAMANTES
65 ★ CAPÍTULO 7 ★ NOVAMENTE AS MINAS DE DIAMANTES
81 ★ CAPÍTULO 8 ★ NO SÓTÃO
87 ★ CAPÍTULO 9 ★ MELCHISEDEC
95 ★ CAPÍTULO 10 ★ O CAVALHEIRO INDIANO
103 ★ CAPÍTULO 11 ★ RAM DASS
111 ★ CAPÍTULO 12 ★ O OUTRO LADO DA PAREDE
119 ★ CAPÍTULO 13 ★ UMA PLEBEIA
127 ★ CAPÍTULO 14 ★ O QUE MELCHISEDEC VIU E OUVIU
133 ★ CAPÍTULO 15 ★ O MÁGICO DE VERDADE
149 ★ CAPÍTULO 16 ★ O VISITANTE
163 ★ CAPÍTULO 17 ★ "É ESTA A CRIANÇA!"
171 ★ CAPÍTULO 18 ★ "EU SEMPRE TENTEI!"
185 ★ CAPÍTULO 19 ★ ANA

CAPÍTULO 1
SARA

Naquele sombrio dia de inverno, o nevoeiro estava tão espesso que as ruas de Londres escureceram a ponto de obrigar os comerciantes a iluminarem as vitrines de suas lojas como se fosse noite. Numa carruagem que seguia lentamente, uma menina apoiava-se ao ombro do pai e, sentada sobre as perninhas dobradas, olhava com expressão bastante séria as pessoas e tudo mais que se podia enxergar pela janelinha.

Com seus grandes olhos pensativos e graves, ela tinha sempre expressões e atitude que qualquer pessoa acharia sérias demais até para uma menina de doze anos. E, no entanto, Sara tinha apenas sete! Qualquer um se surpreendia ao constatar um semblante tão sisudo, tão sério, naquele rostinho claro. Mas o fato é que Sara Crewe vivia pensando e imaginando coisas sobre as pessoas crescidas e o mundo em que elas vivem. Ela própria tinha a impressão de já ter vivido muitos e muitos anos.

Naquele momento, ia relembrando a viagem que acabava de fazer de Bombaim a Londres com o pai, o Capitão Crewe. E era como se estivesse vendo o grande navio com aqueles empregados hindus que iam e vinham silenciosamente com seus impecáveis turbantes brancos; eram os "lascars", que ela conhecia bem por ter sido criada na Índia. Revia também as crianças brincando no navio, na parte que chamam tombadilho, que ficava ensolarado, e até as esposas dos oficiais do navio, que sempre puxavam conversa com ela para rirem de suas respostas originais.

E Sara pensava em como era estranho uma pessoa estar sob o sol escaldante da Índia, para logo depois ser transportada em pleno oceano e, em seguida, encontrar-se num estranho veículo, percorrendo estranhas ruas em que o dia era tão escuro quanto a noite. Voltou-se para o pai e perguntou, numa voz quase de murmúrio:

— Papai, é aqui… "o lugar"?

O pai abraçou-a com carinho e olhou-a como querendo penetrar seu pensamento:

— Sim, querida, é aqui. Chegamos, finalmente.

Apesar dos seus sete anos, Sara percebeu que seu pai sorria mas procurava disfarçar a tristeza que sentia ao dizer aquilo. Fazia muito tempo que ele a vinha preparando para aceitar a ideia de vir para "o lugar". Tendo perdido a mãe ao nascer, não chegara a lamentar sua falta, por não tê-la sequer conhecido. Seu pai era rico, jovem, belo e carinhoso. E a mimava muito. Tratava-a com tanto amor que Sara julgava ser, cada um, o único parente que o outro tinha no mundo. Brincavam juntos, sempre, como duas crianças. Ela ficou sabendo que seu pai era muito rico porque ouvira várias pessoas falarem sobre isso quando pensavam que não estava prestando atenção. E que ela própria seria muito rica, quando crescesse.

Sara nem entendia bem o que significava isso de "ser rica". Vivera sempre numa ótima casa de Bombaim, servida por vários criados; inclusive os tais "lascars", que a chamavam de "Senhorita Sahib" e lhe faziam

todas as vontades. Sempre tivera excelentes brinquedos, bichos de várias espécies, e uma babá hindu que a adorava. E pouco a pouco fora compreendendo que as pessoas ricas podiam possuir tudo aquilo. Mas era tudo o que entendia sobre o fato de ser rica.

Sua única preocupação naqueles anos felizes fora "o lugar" para onde um dia deveriam levá-la. Quando chegavam à idade de estudar, os filhos de ingleses que moravam na Índia eram mandados para a Inglaterra, geralmente para colégios internos. Sara já vira outras crianças partirem para Londres — ouvira seus pais falarem das cartas que recebiam — e aprendera que ela também partiria um dia. Mas, embora a tivessem atraído as narrativas que seu pai propositadamente fazia sobre viagens a países desconhecidos, sempre se entristecia por saber que o pai não ficaria com ela no tal "lugar". Quando tinha ainda cinco anos, perguntara inúmeras vezes:

— O senhor não podia ir comigo para "o lugar", papai? Não podia ir também para a escola? Eu até ajudava o senhor nas lições!...

Embora achando graça, seu pai respondia:

— Mas você não ficará muito tempo lá, Sarinha... Você vai morar numa casa muito boa, em companhia de outras meninas de sua idade. Brincará com elas, fará amizades novas. Você crescerá tão depressa que parecerá ter passado apenas um ano até atingir a idade e a educação suficientes para então tomar conta do papai...

Sara ficava feliz com esta última ideia. Tomar conta da casa, do pai, cavalgar com ele, sentar à cabeceira nos jantares em que tivessem visitas, conversar com ele, ler seus livros, seria realmente maravilhoso. Portanto, se para merecer isso fosse necessário viver alguns anos no tal "lugar", ela não hesitaria em partir para lá. Não se interessava muito pelas outras meninas; contentar-se-ia com os livros, desde que os tivesse muitos e variados.

Pois Sara apreciava os livros mais do que qualquer brinquedo. Além das histórias que lia, inventava sempre outras, novas e belas. Primeiro contava-as a si própria; e depois ao pai, que se interessava bastante pelas narrativas.

Voltando à realidade, Sara falou:

— Bem, papai, se chegamos ao "lugar", só nos resta nos conformarmos...

O Capitão Crewe riu com a frase tão adulta da filha, um tanto para esconder a mágoa que sentia. Pois ele próprio não estava absolutamente conformado com a ideia de se separarem. Sara era tão boa companheira que ele já pressentia a solidão que o esperava quando retornasse à Índia. Teria que entrar em casa todos os dias sem ver a sua fadinha, vestida de branco, a esperá-lo para correr ao seu encontro. E, no momento em que a carruagem atingiu a praça onde ficava "o lugar", abraçou a filha e beijou-a ternamente.

A carruagem parou em frente a uma casa ampla e sombria. Toda de tijolos, era igual às outras moradas da praça, com a única diferença que tinha na porta de entrada uma tabuleta de cobre, bem polida, na qual se lia, em letras negras:

MISS MINCHIN
Pensionato Para Mocinhas

— Afinal chegamos! — exclamou o Capitão Crewe, esforçando-se para dar à voz a entonação mais alegre possível.

Desceram da carruagem, e o capitão tocou a campainha do "lugar".

Entraram numa saleta de aspecto respeitável, bem mobiliada, mas Sara logo percebeu que tudo ali era triste. Tudo muito sóbrio e muito polido: até as bochechas vermelhas de uma lua esculpida num relógio tinham o ar severo de coisa muito esfregada. A sala aonde foram levados a seguir, recoberta por um triste tapete de quadrados, tinha cadeiras com encosto também quadrado; e um pesado relógio de mármore enfeitava a lareira, também pesada e também de mármore.

Miss Minchin apareceu logo na sala. "Ela é igualzinha ao seu próprio ambiente", pensou Sara. Alta e dura, respeitável e feia, a diretora tinha olhos de peixe — molhados e frios; e um sorriso seco, mas gelado. Ela já ouvira coisas bastante interessantes sobre o Capitão Crewe, contadas pela senhora que recomendara a ele o seu colégio. Sabia que ele era, principalmente, um pai bastante rico e disposto a gastar grandes quantias na educação da filha. Assim, preocupou-se em aquecer e alargar o sorriso quando se dirigiu ao visitante:

— Será para mim um privilégio muito honroso cuidar de uma menina tão linda e interessante, Capitão Crewe! Lady Meredith falou-me da incomparável inteligência de sua filha. E uma menina inteligente é uma preciosidade para uma instituição como a minha. Ainda mais sendo assim linda!

Sara se mantinha de pé, imóvel, com os olhos fixos em Miss Minchin. E o que pensava daquela mulher era algo original, como sempre: "Por que ela insiste que sou linda? Não sou nada linda, sou até das meninas mais feias que conheço. Ela já está começando com mentiras, para bajular papai…"

Sara não se enganava quanto a Miss Minchin, mas enganava-se quanto a si própria. Não chegava a ser o que se chama "uma beleza de menina", mas tinha um estranho e particular encanto. Era esbelta e elegante, e tinha um rosto expressivo e atraente. Seu cabelo, farto e negro, era levemente ondulado nas pontas. Os olhos, de um tom cinza-esverdeado, lindos, eram valorizados por longos cílios negros. Mas, visto que estava convencida de ser feia, o elogio de Miss Minchin não surtiu nela um bom efeito. Quando mais tarde Sara se familiarizasse com a personalidade de Miss Minchin, compreenderia que a diretora dava invariavelmente a mesma opinião acerca de todas as alunas que fossem levadas pelos pais.

Sara permaneceu perto do pai enquanto este conversava com Miss Minchin, e não perdeu uma palavra do que disseram. Fora trazida para aquele pensionato porque as duas filhas de Lady Meredith — a quem o capitão prezava muito — tinham sido educadas ali.

Seu pai confirmava com a diretora que a menina teria a condição de "aluna especial", e gozaria de vários privilégios: teria um quarto e uma salinha de estar exclusivos; mais tarde ganharia um "poney" e até uma carruagem. Mas desde agora já estava até tratada uma criada francesa para tomar o lugar da babá que deixara na Índia.

— Não estou muito preocupado com a questão da instrução de Sara, Miss Minchin — disse o capitão sorrindo, enquanto dava palmadinhas na

mão da filha. — Muito ao contrário: o difícil com ela é evitar que aprenda coisas demais, ou antes do tempo. Ela vive com o nariz enfiado nos livros e quase os devora, como se tivesse fome de ler. E está sempre faminta de mais livros para devorar, sejam de história, biografias, poemas ou qualquer outro assunto. Por favor, quando achar que ela está exagerando, arranque-a dos livros! Faça-a passear no parque, ou sair para comprar uma boneca nova. Ela precisa é brincar mais com bonecas...

— Mas papai — replicou a menina —, se eu for sempre comprar uma nova boneca, acabarei tendo tantas que não poderei amá-las todas. As bonecas devem ser nossas melhores amigas. E Emily é quem vai ser a minha amiga aqui!

O capitão olhou para Miss Minchin, e esta para o capitão.

— Quem é Emily? — perguntou Miss Minchin.

— Diga-lhe, minha filha! — ordenou, rindo, o Capitão Crewe.

Os olhos cinza-esverdeados de Sara refletiam seriedade e doçura, como sua voz, ao responder:

— É uma boneca que ainda não tenho. Papai vai comprá-la para mim, e vamos procurá-la agora mesmo. Mas já a batizei de Emily. Será a minha amiga, quando ele partir. Matarei as saudades de papai conversando sobre ele com Emily.

O sorriso curto e gelado de Miss Minchin alargou-se e aqueceu-se mais que no primeiro elogio, e ela comentou, bajuladoramente:

— Que criança original! Que criaturinha adorável, Capitão Crewe!

— Sim, é mesmo uma criaturinha adorável! — exclamou o capitão, abraçando a filha entre sorrisos. — Cuide bem dela, Miss Minchin! Com o carinho que eu mesmo teria se estivesse aqui, sim?

Sara ficou muitos dias num hotel com o pai, antes de ele retornar à Índia. Foram juntos a muitas lojas, e compraram tantas coisas que os vendedores comentavam que a estranha garota de olhos grandes devia ser, no mínimo, uma princesa estrangeira. Para encontrar Emily, pai e filha tiveram que ir a uma infinidade de lojas. Sara examinava todas as bonecas e dizia:

— Quero que a Emily seja uma boneca que *não pareça* boneca, papai. Quero que ela dê a impressão de me ouvir, quando eu falar com ela. O problema com as bonecas, papai, é que elas nunca parecem estar escutando a gente…

Assim, remexeram lojas e lojas: viram bonecas pequenas, grandes, de olhos pretos, olhos azuis, de cachos castanhos e tranças louras. Bonecas ricamente vestidas e até bonecas despidas. Examinando uma dessas, Sara comentou:

— Se eu gostar de uma que esteja nua, poderemos levá-la depois a um costureiro e encomendar para ela um enxoval sob medida, não? Emily ficará muito melhor com roupas feitas especialmente para ela.

Depois de uma grande pesquisa, passando pela vitrine de uma das lojas menos luxuosas, Sara pegou o pai pela mão:

— Olhe, papai, lá está a minha Emily!

Um brilho de alegria enchera o seu rosto, como se estivesse reconhecendo alguém de quem ela já fosse íntima. O pai até brincou:

— Nossa! Acho que você vai ter que me apresentar a ela…

— Ela estava aí, esperando por nós! Eu apresento você e você me apresenta a ela, está bem?

A boneca escolhida era grande, mas seu tamanho permitia a Sara carregá-la nos braços sem esforço. De cabelos castanho-dourados, em cachos que caíam sobre os ombros, tinha os olhos azuis rodeados com macios e longos cílios autênticos, em relevo e não apenas pintados, como os da maioria das bonecas. E Sara concluiu:

— É esta a Emily! Eu a reconheci logo que a vi: ela é a Emily, papai!

Diante disso, Emily foi comprada e levada em seguida a uma loja de roupas infantis sob medida. O próprio dono da loja se espantou quando encomendaram para a boneca — além de um casacão igualzinho ao que Sara vestia no momento — um enxoval completo e tão rico quanto o da menina: roupas de veludo, de cetim, de renda e de musselina; chapéus com plumas e sem plumas; casacos de veludo e de peles; magníficas rou-

pas de baixo rendadas, e luvas, e lenços, e até abrigos de mão feitos de pele de raposa e de marta!

Enquanto faziam todas essas compras, o Capitão Crewe esforçava-se por demonstrar alegria. Mas um pensamento triste, sempre o mesmo, tocava-lhe o coração. Pois tudo aquilo significava que ia realmente separar-se de sua amada e pequenina companheira, a sua fadinha.

Naquela noite, véspera de sua partida, levantou-se da cama para contemplar Sara. Ela dormia com Emily nos braços. Seus cabelos negros espalhavam-se no travesseiro e se confundiam com os longos cachos castanho-dourados da boneca. Ambas vestiam camisolas rendadas, e ambas tinham cílios longos e recurvados. A boneca era tão semelhante a uma criança de verdade que o capitão chegou a sentir-se confortado em vê-las juntas. Soltou um suspiro profundo, enquanto alisava o bigode, e falou para si mesmo, num tom meio infantil:

— Ó, minha fada... Não creio que você possa imaginar a falta que vai fazer ao seu papai...

No dia seguinte, foi levar Sara para o colégio. Deu a Miss Minchin o endereço de seus advogados, explicando que eram os encarregados de seus negócios em Londres. E que a informariam de tudo e pagariam todas as despesas de Sara, mesmo as que ela desejasse fazer além do que fora combinado. Pois todas as suas vontades deveriam ser satisfeitas. Ele e a filha trocariam cartas duas vezes por semana.

Depois, foi até os aposentos que a diretora preparara para Sara. A menina sentou-se nos joelhos do pai, segurou-lhe a gola do casaco com ternura e ficou a olhá-lo, fixamente. Embaraçado, o Capitão Crewe brincou:

— Está querendo *me aprender de cor*, Sarinha?

— Não... — respondeu ela, entre triste e carinhosa. — Eu já *sei* o senhor de cor. Pois o senhor está aqui dentro, no fundo do meu coração.

E abraçaram-se longamente, como se nenhum dos dois quisesse deixar o outro separar-se.

Quando pouco depois a carruagem partiu levando o Capitão Crewe, Sara estava sentada em sua sala particular. Tinha o queixo apoiado nas mãozinhas e estas no parapeito da janela, pela qual olhou o carro afastar-se até dobrar lá longe, numa esquina da praça. Emily estava sentada ao seu lado, e parecia olhar também.

Mais tarde, a diretora mandou sua irmã, Miss Amélia, olhar o que a nova aluna estava fazendo. Não conseguindo abrir a porta do apartamento de Sara, a irmã da diretora assustou-se. Do susto passou à surpresa, quando ouviu uma voz doce falar lá de dentro, delicadamente:

— Eu fechei à chave. Quero ficar sozinha, por favor...

Miss Amélia era mais bondosa que a diretora, porém gorda e pesada. E desceu as escadas arfando, visivelmente alarmada. Já embaixo, desabafou seu espanto:

— Nunca vi uma criança tão estranha, minha irmã!... Trancou-se no quarto, e não faz o menor ruído lá dentro...

Miss Minchin parecia não concordar com o espanto da outra, pois apenas respondeu:

— É melhor assim do que se chorasse e batesse com os pés.

Diante disso, Miss Amélia, que não ousava desobedecer ou discordar da irmã mais velha, ponderou também:

— É, antes assim... Mas eu jurava que ela, mimada do jeito que é, ia botar a casa de pernas para o ar quando o pai partisse.

Miss Amélia estava realmente impressionada com Sara, e prosseguiu:

— Eu mesma abri suas malas e arrumei suas coisas. Nunca vi nada igual: martas e arminhos nos casacos, vestidos riquíssimos, chapéus com plumas, luvas de todos os tipos, e rendas valencianas autênticas nas roupas de baixo! É a menina mais cheia de vontades que já vi. Que é que você pensa disso?

— Acho isso perfeitamente ridículo! — respondeu Miss Minchin com irritação. — Mas fará um belo efeito na frente da fila de meninas quando as levarmos à missa nos domingos. O pai a veste como se a menina fosse uma pequena princesa...

Lá em cima, no quarto fechado à chave, Sara e Emily, sentadas, ainda olhavam fixamente a esquina onde dobrara a carruagem levando o Capitão Crewe; que se voltara para trás e não parara de acenar e mandar beijos para a filha, até o carro desaparecer.

CAPÍTULO 2
UMA LIÇÃO DE FRANCÊS

No dia seguinte, quando Sara entrou na sala de aula, todas as alunas a olharam com tremenda curiosidade. Desde Lavínia, que tinha treze anos e se julgava a mais importante do colégio, até Lottie, que era a caçula da escola com seus cinco aninhos, todas já haviam ouvido falar muito acerca da novata. Já sabiam que era a nova privilegiada de Miss Minchin, pois aumentaria a fama do pensionato. Algumas já tinham até visto a criada francesa, chamada Mariette, que chegara na noite anterior para servir exclusivamente à filha do Capitão Crewe.

Na véspera, Lavínia tinha arriscado uma olhadela aos aposentos de Sara, quando a porta ficara aberta e a criada Mariette abria uma grande caixa chegada de uma loja. E, agora, murmurou para a colega Jessie, por trás do livro:

— Estava cheia de casaquinhos e roupas de baixo, de babados. Babados e mais babados! Eu ouvi Miss Minchin dizer à irmã que as roupas dela eram tantas que isso chega a ser até ridículo para uma menina. Mamãe sempre diz que as crianças devem se vestir simplesmente!

— Ela está com meias de seda! — exclamou Jessie, também sussurrando por trás do livro. — E olha que pezinhos! Nunca vi pés tão pequenos!

Lavínia não gostou do tom de admiração com que a amiga se referia aos pés da novata, e logo interrompeu, com um pouco de inveja:

— Ora, é só por causa dos sapatos... Mamãe já me disse que até pés enormes podem parecer delicados, dependendo de o sapateiro saber disfarçá-los.

Sara sentou-se no seu lugar, próximo à mesa de Miss Minchin. E, tranquilamente, aguardou que lhe ordenassem o que devia fazer. Não se intimidava com todos os olhos que a observavam, mas, ao contrário, olhava calmamente as crianças à sua volta. E imaginava o que pensariam suas companheiras de colégio: se apreciavam Miss Minchin, se gostavam de estudar, e se alguma dentre elas tinha um pai parecido com o seu. Aliás, naquela manhã, conversara muito com Emily sobre o pai:

— Agora ele está no mar, Emily. É preciso que você seja muito minha amiga, para eu poder lhe contar segredos. Olhe para mim, Emily! Seus olhos são os mais bonitos que já vi. Ah, como eu gostaria que você soubesse falar...

Sara era realmente uma criança cheia de imaginação e pensamentos caprichosos, e uma de suas fantasias era de fingir acreditar que Emily era "de verdade"; e que ouvia e compreendia realmente. Depois que Mariette a vestiu e amarrou em seus cabelos uma fita de seda azul-marinho, ela foi até Emily, que estava sentada numa cadeira própria ao seu tamanho, e disse à boneca:

— Você pode ler isso, enquanto eu estou lá embaixo.

Ao colocar um livro nas mãos da boneca, viu que Mariette sorria e a olhava surpresa. Explicou com toda a seriedade:

— Eu acredito que as bonecas fazem muitas coisas, mas não querem que a gente perceba. Enquanto ficarmos aqui no quarto, Emily não se moverá. Mas logo que sairmos ela talvez leia, ou, quem sabe, talvez vá olhar pela janela. Só que, ao perceber que alguém se aproxima, ela correrá e tornará a sentar-se, como se ali tivesse permanecido o tempo todo!

Descendo à cozinha, Mariette não pôde deixar de comentar com as outras empregadas o quanto a sua patroazinha era diferente. A verdade é que Mariette já estava conquistada pelas maneiras delicadas de Sara, que tinha um modo próprio e gentil de apreciar seus serviços sem jamais se esquecer de acrescentar: "Por favor, Mariette", ou "Muito obrigada, Mariette". E isso realmente a cativara, pois Sara tornava o trabalho dela bastante agradável. E finalizou para as outras que a ouviam com respeito:

— Ela me agradece como se estivesse se dirigindo a uma grande senhora. Essa menina parece uma pequena princesa!...

Depois de alguns minutos no seu lugar a pequena princesa continuava a ser o alvo da curiosidade de toda a sala de aula, quando Miss Minchin bateu dignamente com a régua na mesa, dizendo:

— Senhoritas, quero apresentar-lhes a sua nova companheira!

Todas se levantaram, e Sara fez o mesmo. A diretora prosseguiu:

— Espero que acolham bem a colega Sara Crewe. Ela chega de bem longe: da Índia! Assim que a aula terminar, poderão fazer amizade e conversar com ela.

As alunas inclinaram-se cerimoniosamente, e Sara fez uma pequena reverência. Em seguida, todas se sentaram e se entreolharam. Com sua voz de dona do colégio, Miss Minchin ordenou:

— Sara, venha aqui perto de mim!

Sara aproximou-se dela, que apanhara um livro e o folheava ao dizer:

— Como seu pai contratou uma empregada francesa para você, concluí que ele deseja que você estude especialmente o francês, não?

Se Sara fosse menos escrupulosamente delicada, teria explicado a verdade a Miss Minchin. Mas apenas enrubesceu, envergonhada, ao dizer:

— Acho que ele contratou Mariette porque... porque sabia que isso me daria prazer...

Com um sorriso algo amargo e sarcástico, a diretora aproveitou:

— Receio que você seja uma menina mimada demais, e por isso pense que as coisas são feitas com o objetivo único de lhe dar prazer. Estou *certa* de que seu pai deseja que estude bem o francês!

Além de severa e autoritária, Miss Minchin mostrara-se absolutamente segura de que Sara não sabia francês. E a menina, sempre preocupada em ser delicada, achou que seria muito rude provar-lhe que estava enganada. Porque estava mesmo: Sara falava francês muito bem. Sua mãe era francesa, seu pai gostava muito de francês, e, em memória da esposa, transmitira esse gosto à filha, a quem ensinara o idioma quando ainda era pequenina. Sara tentou explicar isso:

— Nunca tive aulas de francês, Miss Minchin, porém…

A diretora não a deixou completar a frase. Pois uma das vergonhas secretas de Miss Minchin era que ela própria não sabia Francês. Mas escondia esse fato como podia, e não queria expor sua ignorância às alunas deixando esticar-se a conversa com a nova aluna. E concluiu o diálogo:

— Se você nunca teve lições, é preciso começar imediatamente. O professor de Francês, Sr. Dufarge, chegará dentro de alguns minutos. Apanhe esse livro e estude enquanto o espera!

Sara sentiu as faces arderem. Pegou o livro, voltou ao seu lugar, abriu o volume e ficou olhando as primeiras páginas, seriamente. Parecia-lhe muito engraçado ver-se forçada a estudar num livro que ensinava que *"le père"* quer dizer "o pai", e *"la mère"* significa "a mãe"… Mas procurou manter-se séria e permaneceu com a cabeça baixa, olhando o livro. Miss Minchin olhava-a atentamente, e falou:

— Você não parece nada satisfeita, Sara. Lamento que a ideia de aprender francês a desagrade…

— Ao contrário, senhora, me agrada muito. Mas…

— Não tem "mas" nem "meio mas", quando eu lhe mandar fazer uma coisa! Volte a ler o livro!

E Sara obedeceu, voltando a ler o livro com seriedade. E não sorriu nem mesmo quando viu que a lição toda mostrava muitas outras coisas que ela sabia mais que de cor. E pensou com seus botões: "Não faz mal. Quando o professor chegar eu explico melhor…"

O Sr. Dufarge chegou logo depois. Era um francês de meia-idade, de jeito amável, e muito inteligente. Interessou-se por Sara logo que a viu

mergulhada no seu livrinho de vocabulário. Miss Minchin apresentou-lhe a nova aluna com a recomendação:

— Seu pai deseja muito que ela aprenda francês. Mas receio que esse idioma lhe inspire antipatia de criança mimada.

O professor dirigiu-se a Sara:

— Lamento, senhorita… Talvez quando começar a estudá-lo, eu possa mostrar-lhe que o francês é um idioma cheio de atrativos.

Sara levantou-se e, com simplicidade e delicadeza, explicou: embora não tivesse tido propriamente aulas de francês, tanto seu pai quanto diversas pessoas de suas relações a familiarizaram com o idioma desde muito pequena; de modo que ela lia e escrevia em francês quase com a mesma facilidade com que o fazia na sua língua materna, o inglês. Só que, para espanto de todos, ela falou tudo isso em francês, em excelente francês!

O Sr. Dufarge sorriu um sorriso feliz. Ouvir aquela vozinha infantil expressar-se no seu idioma nativo com tanta facilidade era um prazer, dava-lhe quase a impressão de estar na França. Quando ela acabou de falar, ele pegou-lhe o livrinho com um gesto quase afetuoso, e disse a Miss Minchin:

— Ah, senhora, resta-me pouca coisa a ensinar-lhe. Ela não *aprendeu* francês, ela *é* francesa. Sua pronúncia é esplêndida!

Com raiva, Miss Minchin gritou para Sara:

— Você devia ter me dito isso, menina!

— Eu… bem que tentei… — explicou Sara. — Mas não consegui…

A diretora sabia muito bem que Sara tentara explicar-se, mas que ela cortara a explicação. Contudo, estava furiosa. Ainda mais que as outras alunas, a essa altura, quase estouravam de rir por trás de suas gramáticas francesas. E ordenou, severamente, batendo na mesa:

— Silêncio, senhoritas! Silêncio, imediatamente!

E, a partir daquele momento, Miss Minchin passou a sentir uma surda raiva com relação à sua nova e privilegiada aluna.

CAPÍTULO 3
ERMENGARDA

Naquela primeira manhã, embora sentada quase ao lado de Miss Minchin e sabendo que estava sendo o alvo da observação da classe inteira, Sara conseguiu notar uma menina mais ou menos da sua idade, que a olhava fixamente com um par de claros e quase pálidos olhos azuis. Era uma criança gordinha, que não parecia ser das mais espertas, mas que aparentava ter muito bom coração.

Seus cabelos louros estavam esticadíssimos numa trança comprida, amarrada por uma fita. Ela passara a trança por cima do ombro, e mordia nervosamente as pontas da fita. Com os cotovelos em cima da mesa, estava de olhos perdidos na nova aluna. Quando o professor de francês dirigiu-se a Sara, a gorda lourinha pareceu assustar-se; e quando Sara respondeu em francês sem nenhuma hesitação, a garota ficou vermelha de espanto e, sem saber conter-se, deu um pulo na cadeira.

Ela que derramara tantas lágrimas no esforço vão de gravar que *"la mère"* quer dizer "a mãe" e *"le père"* é "o pai", estava chocada de ouvir uma menina de sua idade não apenas familiarizada com aquelas palavras mas também com muitíssimas outras. E que era capaz de ligar substantivos com adjetivos, pronomes e verbos, formando frases as mais diversas, como se aquilo fosse uma brincadeira muito fácil...

Ela prosseguia olhando Sara com tal espanto, e mordia sua fita com tanta força, que chamou a atenção de Miss Minchin. E esta descontou imediatamente sua recente raiva sobre a gordinha:

— Ermengarda! Em que está pensando? Tire os cotovelos de cima da carteira! E tire essa fita da boca! E fique quieta!

Diante de tais gritos e tantas ordens seguidas, a menina ficou ainda mais vermelha. Estremeceu na cadeira e, percebendo que Lavínia e Jessie olhavam com zombaria, ficou com os olhos cheios d'água. Sara reparou, e teve pena. Começou logo a gostar dela, desejou tornar-se sua amiga. Sentia sempre necessidade de socorrer quem tinha um desgosto ou um problema. Seu pai dizia mesmo que, se ela tivesse nascido rapaz e alguns séculos antes, teria vivido cruzando o país de espada em punho, como um paladino, um defensor, correndo em socorro dos infelizes e perseguidos.

Assim, ela se sentiu atraída pela gorda, lenta e espantada Ermengarda. E passou o resto da manhã dando umas olhadelas de simpatia para ela. Observou que Ermengarda aprendia com dificuldade. Sua lição de francês foi um desastre. Sua pronúncia terrível fazia o Sr. Dufarge sorrir de pena, contra a vontade. Lavínia e Jessie, mais dotadas que ela, não paravam de debochar e de olhá-la com desprezo. Sara não riu nem um momento, e fingia não ouvir quando a pobrezinha errava horrivelmente na pronúncia das palavras mais fáceis. Contrariada por escutar risotas a cada erro de Ermengarda, pensou: "Isso não tem graça nenhuma. As outras não deviam rir…"

Quando a aula acabou e as alunas se reuniram em grupos para conversar, Sara procurou Ermengarda, que fora encolher-se, tristemente, no vão de uma janela. E falou-lhe naquela maneira gentil e amistosa que lhe era peculiar. Todas ficaram surpresas, e Ermengarda mais do que todas.

Para se fazer uma ideia do espanto das alunas, é preciso lembrar que uma nova colega é sempre motivo da curiosidade geral e, por algum tempo, representa uma coisa fora do comum. Durante toda a tarde da véspera, e até a noite, no dormitório, Sara fora o assunto de todas as conversas. Uma nova aluna que vem diretamente da Índia, possui sala e quarto exclusivos, uma empregada francesa só para ela e tantos vestidos e brinquedos não era uma coisa banal: era uma amizade e tanto! Ermengarda fez um esforço e conseguiu responder à primeira pergunta de Sara:

— Meu nome todo é Ermengarda Saint John.

— E o meu é Sara Crewe. Seu nome é muito bonito. Parece nome de romance!

— Você gosta mesmo? — perguntou Ermengarda, ainda espantada. — O seu me agrada muito mais…

A maior preocupação da pobre Ermengarda é que ela tinha um pai muito culto. Em certas ocasiões, isso chegava a parecer-lhe uma calamidade. Se você tem um pai que sabe quase todas as coisas, que fala sete ou oito idiomas, possui milhares de livros que aparentemente sabe de cor, ele naturalmente espera que você, pelo menos, consiga lembrar-se do conteúdo dos seus livros didáticos. E não será exagero se tal pai desejar que uma filha saiba um pouco de história, e consiga escrever corretamente algumas palavras em francês. Ermengarda, no entanto, era uma dura prova para o amor-próprio de seu pai. Ele não podia conformar-se com o fato de uma filha sua ser notória e indiscutivelmente má aluna, com tão pouca inteligência que nunca conseguia brilhar em coisa alguma. Ermengarda era a eterna "última da classe", e seu pai uma vez chegou a implorar a Miss Minchin:

— Ela tem que ser *obrigada* a aprender, custe o que custar!

Consequentemente, a maior parte do tempo de Ermengarda era passada em castigos ou em lágrimas. Esquecia logo aquilo que conseguia aprender, ou, quando lembrava, não entendia o sentido. Era natural, portanto, que olhasse a nova, privilegiada e inteligente aluna com a mais profunda admiração.

— Você fala francês mesmo, não é? — perguntou Ermengarda com respeito solene.

Sara sentou-se na banqueta do vão da janela, ao lado da outra, e procurou responder-lhe com a maior naturalidade:

— Falo porque ouvi falarem francês comigo toda a minha vida. — E acrescentou, com ternura: — No meu lugar, você também falaria.

— Ah, não, eu nunca conseguiria!... — respondeu Ermengarda, perturbada.

— E por quê?

— Você ouviu minha lição. Foi péssima, não? Pois é sempre assim. Eu não consigo pronunciar as palavras. São tão difíceis...

Depois de uma pausa, perguntou com a mesma admiração de antes:

— Você é muito inteligente, não é?

Sara ouvira muitas vezes dizerem que era inteligente. E buscou uma forma de responder sem magoar:

— Não sei se sou… Não saberia responder.

Percebendo uma expressão triste desenhar-se no rosto de Ermengarda, ela deu uma risada para disfarçar e mudou de assunto:

— Você não gostaria de conhecer a Emily?

— Quem é Emily? — indagou Ermengarda, com a mesma surpresa que Miss Minchin demonstrara.

— Venha ao meu quarto que eu lhe mostro — completou Sara, tomando-a pela mão.

As duas pularam do vão da janela e subiram a escada. Atravessando o corredor, Ermengarda perguntou, ardendo de curiosidade:

— É verdade que você tem uma sala só sua?

— Sim. Papai pediu a Miss Minchin para me dar uma porque, quando eu brinco, invento histórias e as conto a mim mesma. E não gosto de gente perto escutando, pois isso tira toda a graça.

Ermengarda parou, quase sem fôlego. E exclamou, espantada:

— Você inventa histórias!? Sabe fazer isso e… ainda fala francês? Será possível?

— Ora, qualquer um pode inventar histórias. É só experimentar!

A seguir, Sara segurou Ermengarda pela mão e pediu:

— Vamos devagarzinho até a porta. Depois eu abro de repente. Talvez a gente surpreenda a Emily…

Mesmo sem ter a menor ideia do que Sara queria dizer com aquilo, Ermengarda adorou o ar de mistério com que a outra falou. As duas abafaram os passos até chegarem à porta, que Sara abriu completamente num movimento rápido. O quarto estava bem arrumado, com um fogo brando ardendo na lareira, perto da qual a linda boneca permanecia sentada na atitude de quem lê um livro. Sara exclamou:

— Ah, ela teve tempo de voltar ao seu lugar antes de entrarmos!… É o que todas as bonecas fazem. São mais rápidas que nós…

Ermengarda olhava da boneca para Sara, e de Sara para a boneca. E perguntou, sem acreditar:

— E ela... anda?
— Sim — respondeu Sara. — Ou, pelo menos, eu acredito que sim. Ou melhor: eu faço de conta que acredito que ela anda. E isso faz com que pareça verdade que ela anda. Você nunca finge acreditar nas coisas?
— Eu? Não... Nunca. Explique como é.

Ermengarda estava tão enfeitiçada pela nova amiga que olhava mais para Sara do que para Emily. Sem no entanto deixar de constatar que Emily era a "boneca-gente" mais encantadora que ela já tinha visto. E Sara pediu:

— Vamos sentar um pouco, para eu explicar. Imaginar é tão fácil que, depois que tiver tentado uma vez, você não poderá mais parar. Vai querer fazer isso sempre e sempre. É formidável!

Colocando a boneca de frente para Ermengarda, apresentou uma à outra com a maior seriedade:

— Emily, apresento-lhe a Ermengarda. Ermengarda, esta aqui é a Emily de quem eu falei. — E, adivinhando o desejo da colega, perguntou: — Você não quer segurar a Emily um pouco?

Deslumbrada, Ermengarda gaguejou:
— Eu... eu posso? Posso... mesmo?

Antes de terminar a pergunta, Emily já estava em seus braços. Nunca na sua curta mas penosa vida no colégio Ermengarda sonhara com uma hora tão deliciosa como a que passou com a estranha e encantadora nova aluna. Sentada no tapete, Sara contou-lhe histórias de viagens e histórias da Índia. Mas o que mais fascinou Ermengarda foram as fantasias de Sara sobre as bonecas serem capazes de falar, andar, ouvir, fazer tudo que querem e, ainda por cima, guardarem isso como um segredo, voltando à imobilidade quando uma pessoa se aproxima. Ermengarda duvidava, mas encantava-se.

— Pode ser que não seja verdade — completou Sara, falando sério. — Mas eu finjo que acredito, e isso vira verdade. É uma espécie de poder. Um poder mágico!...

Quando contava à amiga a história da procura de Emily pelas lojas, Sara de repente mudou de voz e de expressão, como se um pensamento passasse a entristecer o brilho de seus olhos. Suspirou tristemente, mas procurou logo disfarçar. Ermengarda percebeu:

— Você... está sentindo alguma coisa?

— Sim — confessou Sara —, mas não é no corpo que sinto.

Depois de um instante de silêncio pensativo, Sara perguntou à outra, em voz baixa:

— Você gosta do seu pai mais do que de tudo no mundo?

Apanhada de surpresa pela pergunta, Ermengarda ficou boquiaberta. Sabia que não se portaria como uma menina educada, aluna de um colégio distinto, se confessasse que nunca pensara que pudesse gostar de seu pai. Muito menos queria confessar que, na verdade, sempre fazia o possível para evitar ficar sozinha com ele, por dez minutos que fosse. Estava mesmo muito envergonhada. Não sabia o que responder, e só conseguiu dizer:

— Eu... eu não o vejo quase... Ele está sempre ocupado, lendo na sua biblioteca.

— Pois eu gosto do meu pai dez vezes mais do que do mundo inteiro! — exclamou Sara com ardor. E confessou: — Por isso é que eu estou triste. Porque ele foi embora.

Sara ficou um instante parada, pensativa. Ermengarda pensou: "Ela agora vai cair no choro!" Mas logo Sara levantou a cabeça e sacudiu os cabelos para trás, falando com o jeito e o sorriso de quem tenta espantar a tristeza:

— Por isso é que eu faço essas coisas de "inventar" e "fingir que acredito". Mesmo não conseguindo esquecer as tristezas, fica mais fácil suportá-las.

Ermengarda estava confusa, mas sentiu que começava a adorar aquela menina. Ela era tão maravilhosa, tão diferente das outras todas! Sem saber por que é que sentia um calor aquecer-lhe mansamente o coração, a menina gordinha e boba falou embevecida:

— Olhe: Lavínia e Jessie são "melhores amigas". Eu queria que você e eu também fôssemos "melhores amigas". Você me aceita como sua "melhor amiga"? Sei que você é muito inteligente, e eu... sou meio estúpida, a mais estúpida do colégio. Mas... eu gosto tanto de você!

Sara ficou profundamente comovida, e respondeu, feliz:

— Fico contente com isso, porque é muito agradável a gente se sentir gostada. Sim, podemos ser amigas. E, olhe, quer saber de uma coisa? Eu posso até ajudá-la nas suas lições de francês!

CAPÍTULO 4
LOTTIE

Se Sara tivesse um caráter diferente, a vida que levou no colégio de Miss Minchin nos anos seguintes a teria estragado completamente. Era tratada mais como uma hóspede importante do que como uma aluna, uma menina comum. Se fosse uma criança egoísta e dominadora, teriam transformado Sara numa jovem desagradável, de tanto que era agradada e mimada. No fundo, Miss Minchin não gostava dela. Mas era uma diretora muito preocupada com seus interesses, e tomava cuidado para não dizer ou fazer qualquer coisa que pudesse desagradar uma aluna tão lucrativa. Sabia que, se Sara escrevesse ao Capitão Crewe queixando-se do colégio, o pai a tiraria imediatamente de lá. Esforçava-se então por agradá-la sempre, desculpando suas fantasias e satisfazendo todos os seus caprichos. Achava que, tratada desse modo, Sara cada vez se ligaria mais ao seu estabelecimento.

Assim, Sara era sempre elogiada pela sua facilidade em aprender, pelas boas maneiras, pela gentileza com as colegas. As coisas que ela fazia com a maior naturalidade eram consideradas virtudes. Se ela não tivesse realmente um grande bom senso para perceber além das aparências, teria se tornado uma menina vaidosa e egoísta. Mas Sara fazia mesmo reflexões sobre tudo isso, e tirava conclusões surpreendentes para a sua idade. Conversando com Ermengarda, justificou assim suas qualidades:

— Muitas coisas boas me aconteceram, por sorte. Não são méritos meus. Apenas *acontece* que eu gosto dos livros, do estudo. E, para melhorar, tenho uma boa memória, também por pura sorte. E, por mais sorte ainda, tenho um pai que me dá tudo que quero. Talvez eu nem tenha bom gênio; quem sabe se eu até não tenho um gênio péssimo? Como saber, se tudo me corre bem, se nunca tive provações nem sofrimentos?

— Lavínia também nunca teve provações — replicou Ermengarda — e, no entanto, é uma menina detestável!

Sara coçou a ponta do nariz com um ar pensativo e achou uma resposta:

— Bem, talvez... talvez seja porque Lavínia... está crescendo muito!

Sara conseguiu a explicação benevolente porque lembrou-se de ter escutado Miss Amélia dizer que Lavínia estava crescendo tão rapidamente que isso talvez prejudicasse sua saúde e seu gênio.

A verdade é que Lavínia era invejosa. E Sara lhe inspirava ciúme. Antes da chegada da "pequena princesa", Lavínia impunha sua vontade a todo o colégio, sem se importar de se tornar desagradável àquelas que não se submetiam ao seu domínio. Bastante bonita, fora a aluna mais bem vestida nos passeios de domingo até que apareceram os casacos de veludo, os magníficos vestidos e as rendas de Sara, que foi colocada em mais evidência que ela, à frente da fila de meninas.

Desde o começo Lavínia sentiu-se e mostrou-se bastante ferida. E sua mágoa cresceu à medida que Sara foi se tornando a preferida e passando a liderar as colegas. E isso foi acontecendo não porque Sara fosse desagradável e mandona como Lavínia, mas exatamente porque jamais o era. Certo dia, a própria Jessie exasperou Lavínia ao confessar honestamente à sua "melhor amiga":

— Uma coisa a gente tem que reconhecer na Sara: ela nunca cria dificuldades para ninguém e, embora podendo, nunca conta vantagem para as outras. Se usasse tantos vestidos maravilhosos e tivesse tudo que ela tem, acho que até eu seria tentada a fazer pouco das outras...

Era verdade que Sara não criava problemas, que se dava bem com todas, nunca diminuía as colegas e até dividia com elas tudo que recebia de doces e presentinhos. As menores então, que normalmente eram desprezadas pelas "mocinhas" de mais de dez anos, essas adoravam Sara! E, no entanto, Sara era a mais invejada do colégio... Se uma delas caía e se machucava, Sara logo a socorria e tirava do bolso uma bala ou uma surpresa confortadora. Era maternal com as menores; nunca as evitava, nem se referia à pouca idade delas como algo humilhante.

Um dia, quando Lavínia deu uma bofetada em Lottie chamando-a de pirralha por só ter cinco anos, Sara repreendeu-a com superioridade:

— Se alguém tem só cinco anos, no ano seguinte terá seis, e só faltarão catorze anos para completar vinte!

Sem dar-se conta da lição, Lavínia zombou:

— Ah, de verdade? Não diga!... Você pensa que nós não sabemos contar, é? Como se fosse grande novidade que seis e catorze são vinte...

Nenhuma delas ignorava que seis e catorze somam vinte, mas a verdade é que vinte anos era uma idade que nenhuma aluna tinha; e que até a mais ousada delas jamais sonhava chegar a ter.

E as menores adoravam Sara não só por essas, mas por muitas outras coisas que a pequena princesa fazia. Ela sempre convidava as menores desprezadas para merendarem na sua sala particular. Certa tarde, organizou para elas uma festinha. Todas brincaram com Emily e tomaram chá no aparelho de louça da boneca, um de lindas xícaras com flores azuis, onde foi servido um gostoso chá "de verdade". Nenhuma delas tinha visto até então uma louça de boneca tão linda. O sucesso foi tal que a festinha passou a repetir-se periodicamente, e Sara passou a ser considerada uma fada por toda a turma das alunas menores.

Entre estas, havia uma que a teria amolado muito se Sara não tivesse um instinto maternal pronunciado. Era Lottie Legh. Fora mandada para o colégio por ter um pai muito jovem e inexperiente, que não sabia o que

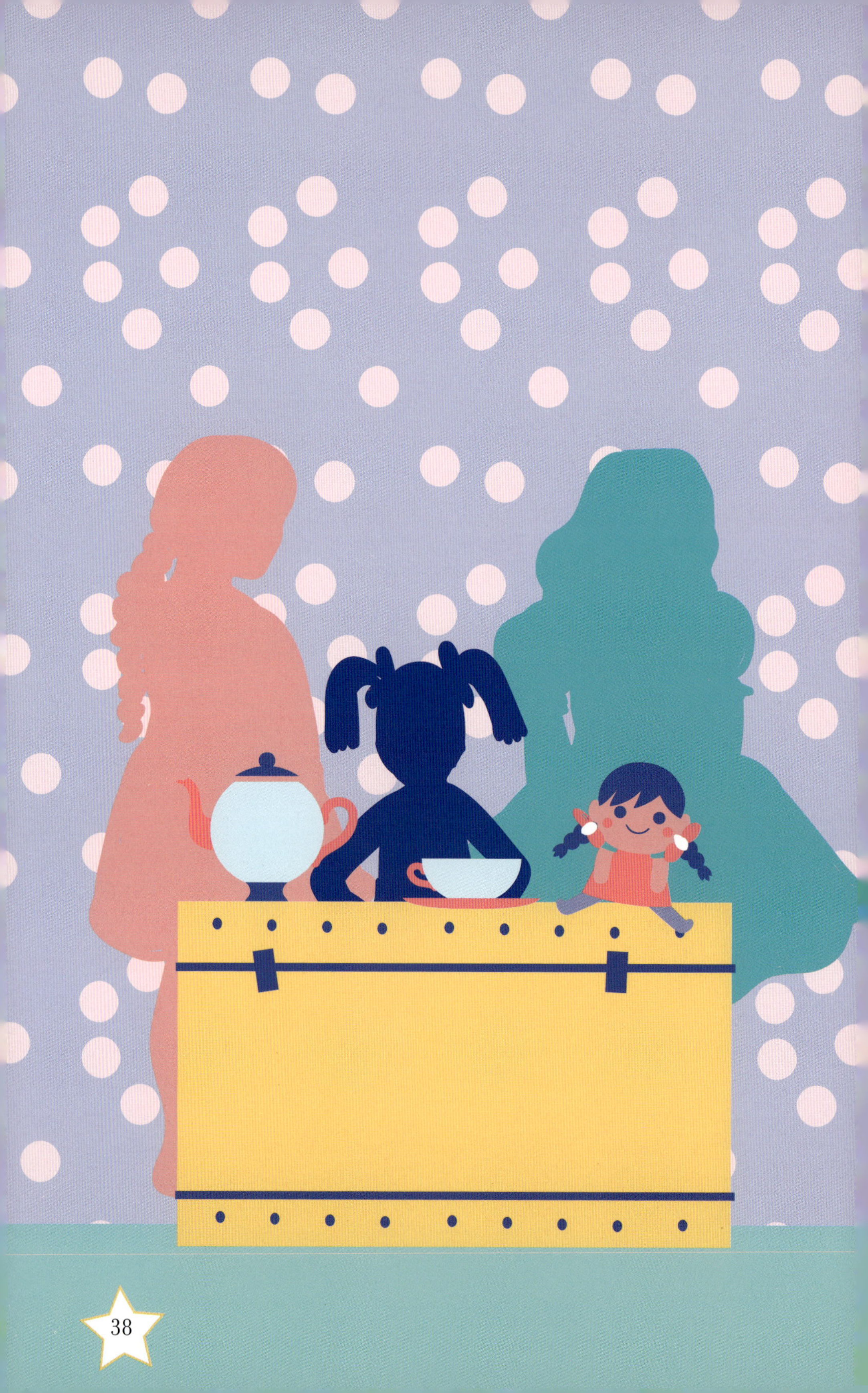

fazer com a filha de cinco anos quando a mãe da menina morreu. Lottie tinha sido criada até aquela idade como uma bonequinha de estimação. Talvez por isso mesmo, era uma criaturinha um tanto mal-acostumada. Quando queria — e também quando não queria — uma coisa, ela berrava e esperneava furiosamente. E como Lottie sempre queria o que não poderia ter e nunca queria o que podia ter, seu berreiro e seu esperneio eram sempre ouvidos numa ou noutra parte do colégio.

Talvez ela tivesse escutado alguém dizer que uma menininha de cinco anos que perdeu a mãe deve merecer a nossa pena, e deve ter tudo que quiser. Verdade ou não, o fato é que ela parecia saber disso e estar decidida a tirar proveito da situação.

Sara passou a cuidar dela quando numa tarde, passando por uma porta, ouviu do outro lado as vozes de Miss Minchin e de Miss Amélia tentando cessar ou, pelo menos, abafar os gritos e choros de uma criança que, certamente, não queria ser silenciada.

— Mas por que ela chora tanto? — perguntava Miss Minchin à irmã e a si mesma, tentando gritar mais alto que a menina.

Sem responder, Miss Amélia gritava quase ao mesmo tempo:

— Ó, Lottie! Pare de gritar, querida! Não chore, Lottie!

As duas mulheres gritavam, mas Lottie conseguia berrar mais alto que ambas, a ponto de Sara poder ouvir lá de fora esta frase, entre os soluços:

— Ahhhhhhhhhhhh, eu não tenho nem uma mãezinha!

E quanto mais as duas procuravam calá-la, mais Lottie berrava e esperneava reclamando uma mãezinha. Parada no corredor, Sara pensou em entrar para ajudar a acalmá-la. Lá dentro, desesperando-se de não conseguir calar a menina, Miss Minchin xingou-a, passou o encargo à irmã e saiu às pressas do quarto. Encontrando Sara no corredor, e percebendo que a menina ouvira tudo, tentou melhorar a situação com um sorriso amarelo e a frase:

— Ó, Sara, você estava aí, é?

Sara ficou um tanto embaraçada, mas arriscou:

— Eu parei porque pensei que... talvez eu possa fazê-la calar-se. Posso... posso tentar, Miss Minchin?

— Você? Bem... se você conseguir... — respondeu a diretora, grosseira.

Notando que Sara se chocara com sua grosseria, Miss Minchin completou, com um sorriso mais amável:

— Mas como você é uma menina inteligente e jeitosa para tudo... Acho que você talvez consiga. Vá, vá!...

E Miss Minchin desapareceu no corredor.

Sara entrou silenciosamente na sala, sem ser percebida por Miss Amélia. Lottie estava deitada no chão, e seguia berrando e batendo furiosamente com as mãos e os pés ao mesmo tempo. Sem ver Sara, a pobre e gorda Miss Amélia, ajoelhada e atarantada, tentava calar a menina usando também ao mesmo tempo dois métodos diferentes. Pois ela falava e gritava, alternadamente:

— Pobrezinha, eu sei que você não tem mãe... — E logo, em tom violento: — Se você não parar, Lottie, acaba apanhando! — E seguia alternando tom e intenção: — Meu benzinho, escute... Olhe, menina insuportável, vou acabar lhe batendo mesmo!

Sara não sabia exatamente o que devia fazer para calar a chorona. Mas tinha certeza de que o melhor não era dizer coisas tão diferentes, tão depressa e tão confusamente. E falou, tranquila:

— Miss Amélia: Miss Minchin permitiu que eu tentasse acalmá-la. Posso?

Miss Amélia voltou-se e, depois do primeiro constrangimento, respondeu desesperançada:

— E você acha que consegue?

— Não sei se consigo, mas posso tentar...

Miss Amélia levantou-se. As pernas e os braços de Lottie passaram a debater-se com mais fúria que nunca. Sara observou:

— Se a senhora sair, acho que será mais fácil...

Embora não acreditando, Miss Amélia retirou-se rápida e bastante satisfeita de ter uma desculpa para livrar-se de Lottie. Sara não se moveu nem falou por alguns minutos, nos quais a pequena continuou a espernear e a gritar. Depois, sentou-se perto de Lottie, mas continuou calada e imóvel. Sem contar o berreiro, tudo mais no quarto era silêncio e calma. Isso era uma situação inteiramente nova para Lottie, que estava acostumada,

41

quando berrava, a ouvir algumas pessoas à sua volta protestando, implorando, mandando e ameaçando, ao mesmo tempo e sempre mais alto que ela. O fato de estar deitada no chão, gritando, chorando e se debatendo com uma única pessoa perto, e essa pessoa ficar calada, sem parecer dar importância nem exasperar-se, despertou a curiosidade de Lottie. Ainda chorando e esperneando, ela entreabriu os olhos vermelhos e arriscou uma olhadela para ver quem era a criatura que a assistia, indiferente.

E foi enorme a sua surpresa ao ver que se tratava apenas de uma menina. Mas não uma menina qualquer: era aquela menina que tinha a Emily e tantas roupas e coisas maravilhosas! Tendo parado alguns instantes para observar, Lottie achou que devia recomeçar o berreiro. Mas o silêncio do quarto e a atitude impassível de Sara, que a olhava calma e interessadamente, fizeram com que ela apenas balbuciasse, entre soluços:

— Eu... eu... não tenho... nenhuma mãezinha!

Sara olhou-a compreensivamente, abaixou-se até ela e respondeu, calma:

— Eu também não tenho...

A resposta foi tão inesperada que deixou Lottie confusa. Imediatamente ela se calou, encolheu as pernas, parou de debater-se, sentou-se e olhou para a outra. Uma ideia nova fez a criança parar de chorar, quando nada parecia ser capaz de consegui-lo! É verdade que Lottie não gostava de Miss Minchin, que era muito rude, nem ligava para Miss Amélia, por demais indulgente e insegura. E gostava de Sara, criança também, e muito boa. Ela não queria se dar por vencida, mas os últimos pensamentos já a haviam distraído do choro e do esperneio. Soltou ainda um soluço, um suspiro, esfregou os olhos, olhou para Sara e perguntou:

— Onde estão elas?

Sua notável intuição fez Sara perceber que Lottie não perguntava pelas professoras. E respondeu logo:

— Estão no céu. Mas estou certa de que a minha vem de vez em quando me ver, embora eu não consiga vê-la. A sua mãe também deve ver você, às vezes. Talvez as nossas mães estejam agora aqui, neste quarto.

Lottie deu um pulo no chão, chegou-se para Sara e olhou tudo à sua volta. E pensou que se sua mãezinha a estivesse olhando ali, naquela última meia hora, não poderia pensar que sua filhinha Lottie fosse nenhum anjo...

Sara começou então a contar uma de suas imaginosas histórias. Lottie ficou parada, ouvindo as palavras daquela pequena princesa. Sara contou onde estavam morando as mãezinhas das duas, explicando que era um país lindo, cheio de campos e mais campos de flores. Na verdade, Sara contava a história mais linda que já conseguira inventar. Quando terminou, Lottie entristeceu-se e disse, fazendo beicinho:

— Quero ir para esse país. Eu não tenho nenhuma mãezinha neste colégio aqui...

Sara percebeu que o choro estava prestes a voltar. E disse:

— Eu serei a sua mãezinha aqui. Nós brincaremos de eu ser a sua mãezinha e você ser a minha filhinha. E Emily será a sua irmãzinha!

O sorriso de Lottie começou a aparecer quando perguntou, entusiasmada:

— De verdade?

— De verdade! Agora vamos lá contar à Emily. E depois vamos lavar esse rosto e escovar esses cabelos.

Lottie concordou, feliz, e as duas foram correndo para os aposentos de Sara. Lottie nem lembrava mais que toda a tragédia daquela choradeira começara exatamente porque Miss Minchin a mandara lavar-se e escovar os cabelos para lanchar.

Daí para a frente, Sara passou a ser a mãe adotiva de Lottie.

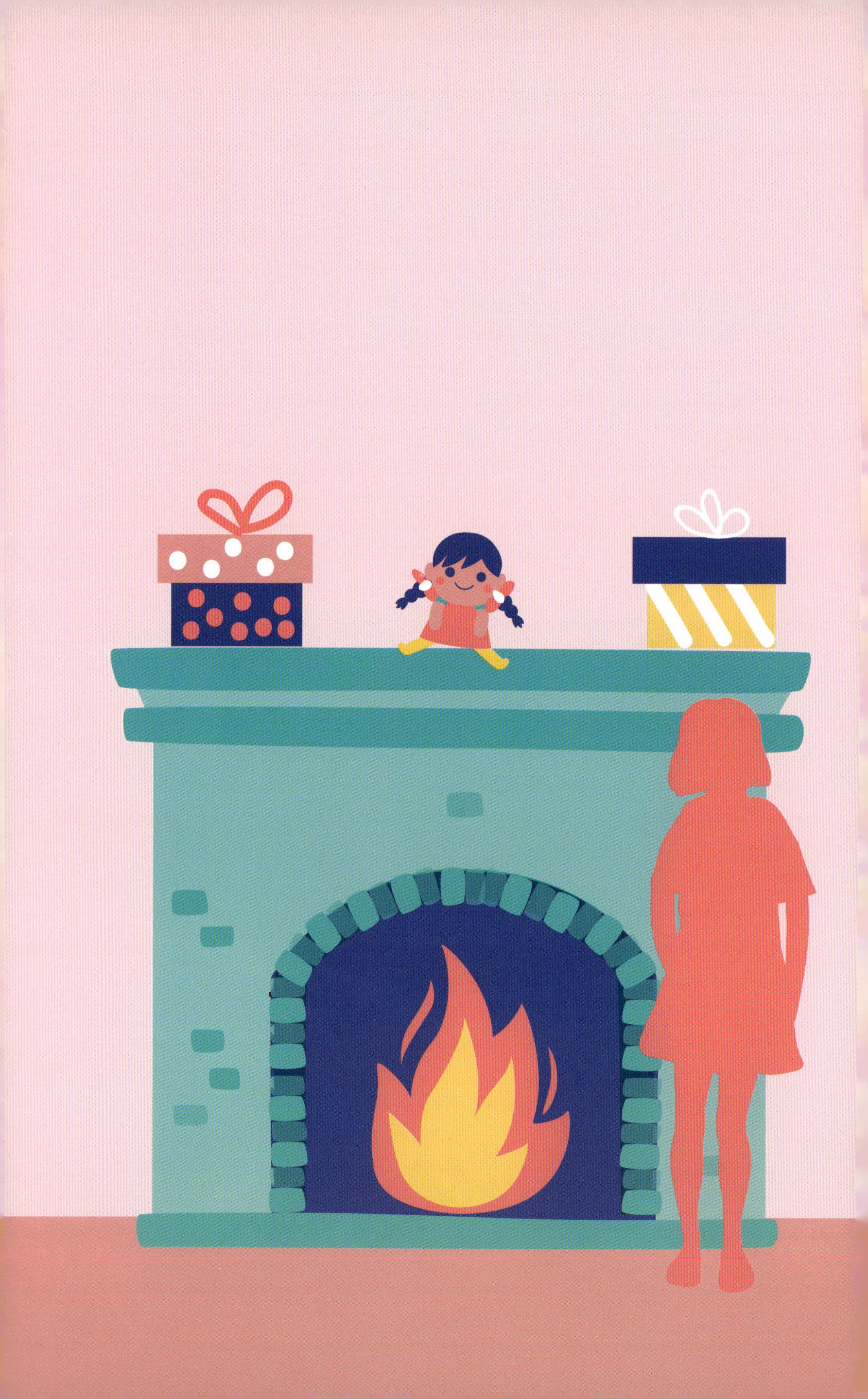

CAPÍTULO 5
BECKY

Sara adquiriu um forte poder sobre as colegas. E isso não vinha tanto das suas roupas lindas nem do luxo que a cercava. A força que a fazia ganhar mais admiradoras — força que Lavínia e algumas outras invejavam a despeito de se sentirem fascinadas por ela — era o formidável dom que Sara tinha para contar histórias; a isso, aliava-se a capacidade de emprestar às coisas sobre as quais falava — fossem elas coisas reais ou imaginadas — um tom fantástico e atraente. E Sara não somente sabia contar histórias; ela adorava fazê-lo.

— Quando eu conto uma história — ela explicava — nem me lembro se ela foi inventada ou não. Ela me parece mais real do que vocês, que me escutam, mais real do que esta sala... Sinto como se eu mesma fosse todas as personagens ao mesmo tempo. É fantástico!

Realmente, quando contava uma história — já conhecida ou inventada na hora, de improviso —, ela começava sem perceber a representar todos os papéis. Esquecia que falava para outras crianças, e passava a viver a vida das rainhas, dos reis e cavaleiros dos enredos que narrava.

Já fazia dois anos que estava no colégio de Miss Minchin. Numa tarde brumosa de inverno, ao descer de uma carruagem vestindo o mais belo de seus casacos, com lindos agasalhos e luvas, reparou que uma menina muito pobremente vestida estava de pé na entrada da cozinha e esticava o pescoço para vê-la. O rosto sujo de fuligem refletia um certo brilho mesclado com a timidez com que tentava ver a pequena princesa. Isso atraiu a atenção de Sara, que olhou para ela sorrindo com meiguice.

Mas a dona do rosto sujo certamente receou estar sendo atrevida ao olhar para uma aluna tão importante. Para não ser apanhada no erro, esquivou-se para dentro e desapareceu na cozinha com tal rapidez que Sara teve vontade de rir. Naquela mesma noite, quando Sara contava uma história no meio de um grupo a um canto da sala de aula, a mesma figura entrou timidamente carregando um balde cheio de carvão e pesado demais para ela. Abaixou-se junto à lareira para reavivar o fogo e retirar as cinzas.

Estava agora mais limpinha do que quando espreitou Sara por trás das grades dos fundos, mas olhava da mesma maneira assustada. Parecia que receava ser surpreendida apreciando as meninas e escutando suas conversas. Varreu cuidadosamente a frente da lareira e foi colocando os novos carvões delicadamente, para não fazer barulho. Sara logo observou que a jovem trabalhava propositadamente devagar, na tentativa de escutar o mais que pudesse da história. Assim, elevou a voz e passou a falar mais claramente.

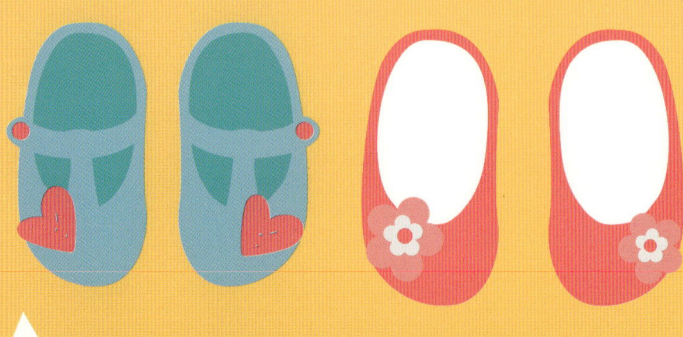

A pobre criadinha varria e revarria a lareira, mas a narrativa interessou-a tanto que, afinal, esqueceu-se do trabalho e de que não lhe era permitido ficar escutando. Agachou-se ao lado da lareira, e deixou-se ficar. Pouco depois, encostou a vassourinha na parede, e entregou-se à história das sereias e do príncipe dos mares. Mas Lavínia percebeu-a, e gritou:

— Essa menina está escutando também!

A criada pegou a vassourinha, levantou-se rapidamente, apanhou o balde e correu da sala como um coelho apavorado. Sara sentiu que a raiva lhe subia à cabeça:

— Eu também já tinha percebido, Lavínia. E por que ela não tem o direito de escutar?

A outra respondeu com dupla maldade:

— Não sei se sua mãe permite que você conte histórias às empregadas. O que sei é que a minha não permite que eu escute histórias junto com as empregadas.

Sara não se conteve:

— Minha mãe?! Você sabe que ela já morreu! Mas creio que ela não se importaria nem um pouco, uma vez que as histórias pertencem a todo mundo.

E correu à porta, na esperança de encontrar a empregadinha. Mas ela já havia desaparecido no corredor. Mais tarde, em seus aposentos, Sara perguntou a Mariette:

— Quem é essa menina que cuida da lareira e troca o carvão?

Com muitos detalhes, Mariette contou que a pobre meninota substituíra a moça da cozinha e fazia ainda mil outras obrigações: engraxava os sapatos das meninas, areava todos os metais, fazia as compras, e muitas outras coisas mais. Tinha catorze anos, mas era tão franzina que parecia não ter completado doze. Mariette tinha pena dela; era tão tímida que quando lhe dirigiam a palavra parecia que seus olhos iam saltar do rosto, tão assustada ficava. Seu nome era Becky, nome que mais se ouvia nos serviços, pois todos a mandavam fazer de tudo.

Sara tentou várias vezes falar com Becky. Mas sempre que cruzavam no corredor ou na escada a pobrezinha estava tão apressada e carregando tantas coisas — e além do mais parecia tão assustada — que era impossível dirigir-lhe a palavra. Mas a oportunidade apareceu de maneira totalmente inesperada.

Certa noite, recolhendo-se aos seus aposentos, Sara deparou com um quadro comovente: sentada na poltrona favorita da pequena princesa, Becky dormia profundamente, com o avental e o rosto sujos de fuligem, a touca caída para um lado da cabeça. Tinham mandado que preparasse os quartos das meninas para a noite fria que se aproximava. Os quartos eram tantos, Becky se cansara de tal modo que, terminando a tarefa exatamente no apartamento de Sara, não resistira. Primeiro, deslumbrada, observara os livros, os objetos trazidos da Índia e os brinquedos diversos. Na verdade, ela já fazia isso havia muitos dias. Ao descobrir os encantos dos aposentos de Sara, passara a cuidar deles no fim da noite. Porque era um encantamento e um alívio poder passar alguns minutos naqueles lindos cômodos, admirando tudo enquanto a sua dona se demorava lá embaixo.

Só que naquela noite, quando ousou sentar-se na poltrona mais bonita, sentiu tal alívio nas perninhas cansadas, a sensação de conforto e calor foi tão deliciosa que, olhando o fogo gostoso da lareira, acabou sendo vencida pelo sono.

À vista daquela criatura tão suja e malvestida dormindo na sua poltrona predileta, Sara não se perturbou. Ao contrário, ficou feliz por encontrá-la ali. Aproximou-se em silêncio e observou-a. Percebeu o quanto era profundo o seu sono. E não pôde evitar uma comparação: ela, Sara, vinha de sua aula de dança, com o traje especial de cetim rosa todo enfeitado de babados e rendas, e calçava delicadas sapatilhas de pelica; enquanto a outra trazia por baixo do avental sujo uma roupa escura e parda, talvez mais suja e surrada do que o avental e a touca. E Sara pensou: "Gostaria que ela despertasse sozinha. Não quero acordá-la. Mas também não será nada bom se Miss Minchin entrar por acaso e pegá-la aqui..."

Sara sentou-se na beira da mesa e, balançando os pezinhos, ficou pensando no que deveria fazer. Tanto a diretora quanto a irmã poderiam entrar a qualquer momento. Mas Sara não tinha coragem de despertar Becky. Não só porque a outra estava cansada, mas também porque ficaria profundamente embaraçada de ser acordada pela dona da poltrona em que dormia.

Nesse momento, um carvão maior se desprendeu dos outros, no fogo, e caiu ao fundo da lareira com um ruído mais forte. Foi o bastante: Becky estremeceu e abriu os olhos, assustada. Logo que se deu conta do que acontecia, ficou aterrorizada. Ali estava ela na poltrona de Sara, enquanto esta, sentada à beira da mesa na sua roupa cor-de-rosa, balançava os pezinhos e a olhava fixamente.

Becky levantou-se bruscamente, muito agitada, e ajeitou a touca enquanto soltava as palavras aos solavancos:

— Ó, senhorita!... Peço-lhe mil perdões... Eu explico: eu...

Sara não a deixou prosseguir, e interrompeu-a com o cuidado de falar no mesmo tom que usava com suas colegas de colégio:

— Não tenha medo. Isso não tem a menor importância.

— Eu não fiz de propósito, Srta. Sara. Mas a lareira eslava tão quentinha, a poltrona tão macia e eu tão cansada que... Não foi por atrevimento, não!

Sara sorriu bondosamente e colocou a mão no ombro de Becky.

— É natural, você estava cansada, não? Acho que ainda nem acordou direito...

Com que olhos a pobre Becky a olhava! Jamais alguém lhe havia dirigido a palavra com tanta delicadeza, com uma voz tão suave. Estava acostumada a receber ordens e grosserias de todo mundo, e essa menina rica e maravilhosa não a tratava como culpada, não a acusava nem a ofendia!... E ainda reconhecia que ela tinha o direito de estar cansada, e de ter dormido numa poltrona dos seus aposentos particulares. O toque daquela mão delicada no seu ombro foi a sensação mais grata que a pobre Becky já experimentou na vida. Mas ela não conseguia acreditar:

— A senhorita não está mesmo zangada? Não vai contar para Miss Minchin?

Vendo o terror estampado no rostinho sujo de carvão, Sara teve tanta pena que, tentando maior espontaneidade, acariciou o rosto de Becky ao dizer-lhe:

— Já terminou sua tarefa? Pois fique ainda alguns minutos, se eu não a amedronto.

Becky abismou-se:

— Ficar aqui, senhorita? Eu?

Sara correu à porta, olhou o corredor e escutou: ninguém mais estava de pé naquele andar. E voltou-se para a outra, que permanecia perplexa:

— Não há perigo. Pode ficar, se quiser. Não vou contar nada, não...

Becky não entendia o que estava acontecendo. E Sara prosseguiu, tentando acalmá-la:

— Sabe, nós somos duas meninas iguais. Sou uma menina como você. É um mero acidente que você não seja eu e eu não seja você...

Aí então, Becky entendeu menos ainda. Sua mente não podia alcançar uma maneira de pensar de forma tão original. E "um acidente", para ela, significava que uma pessoa foi atropelada por uma carruagem ou caiu da escada e foi levada para o hospital. E perguntou, confusa:

— Um... "acidente", senhorita? Foi... será que foi mesmo?

— Sim, meu bem — respondeu Sara, com doçura.

Sara olhou-a fixamente por um instante, e percebeu que Becky continuava não entendendo nada. E passou a falar noutro tom:

— Você não quer uma fatia de bolo?

Os dez minutos que se seguiram pareceram a Becky um verdadeiro sonho. Sara abriu um armário e serviu-lhe do bolo que lá estava, ficando feliz ao ver Becky comendo com prazer. Conversou, fez-lhe várias perguntas e deixou-a tão à vontade que os temores de Becky começaram a ir embora. E ela se animou a fazer perguntas, apesar de achar que estava cometendo uma ousadia. Admirando o vestido de Sara, indagou:

— Esse vestido... é o seu mais bonito? É de sair?

— Não, é um dos meus vestidos para a aula de dança. Eu o acho bonito, e você?

Becky emudeceu de espanto e admiração. Ficou por alguns minutos observando Sara em todos os seus detalhes. Depois, disse com respeito:

— Eu vi uma vez uma princesa. Eu estava de pé, no meio da multidão, na entrada da Ópera, e vi entrar lindas senhoras. Havia uma que todos olhavam e diziam: "É a princesa!" Era uma moça toda vestida de cor-de-rosa: vestido, casaco, chapéu, luvas... Pois quando vi a senhorita sentada aí na mesa me olhando, pensei imediatamente na princesa. É tão parecida com ela!

Sara mudou de assunto:

— Becky, você não estava ouvindo a minha história, no outro dia?

— Sim, senhorita... — confessou Becky, voltando a ficar receosa. — Sei que não devia escutar, mas... era tão bonita... a senhorita contava tão bem que eu...

— Eu estava muito contente de ver que você prestava atenção no que eu dizia. Gostaria de ouvir o resto daquela história?

Radiante e ao mesmo tempo sem acreditar, Becky exclamou:

— Eu?! Eu poderia mesmo ouvir o resto daquela história do outro dia?

Sara inclinou a cabeça afirmativamente, mas observou:

— Como é uma história muito comprida, você talvez não tenha tempo de ouvir toda hoje. Mas se me disser a hora em que virá arrumar as coisas à noite, farei o possível para estar aqui... e irei contando um pedaço cada dia, até o final. É uma história linda, mas muito comprida! E fica maior ainda porque, cada vez que conto para alguém que esteja gostando, eu invento novos episódios.

Becky estava radiante, e comentou alegremente:

— Então, o balde de carvão será mais leve no meu braço e não ligarei às zangas da cozinheira, se a senhorita me permite um tal prazer!

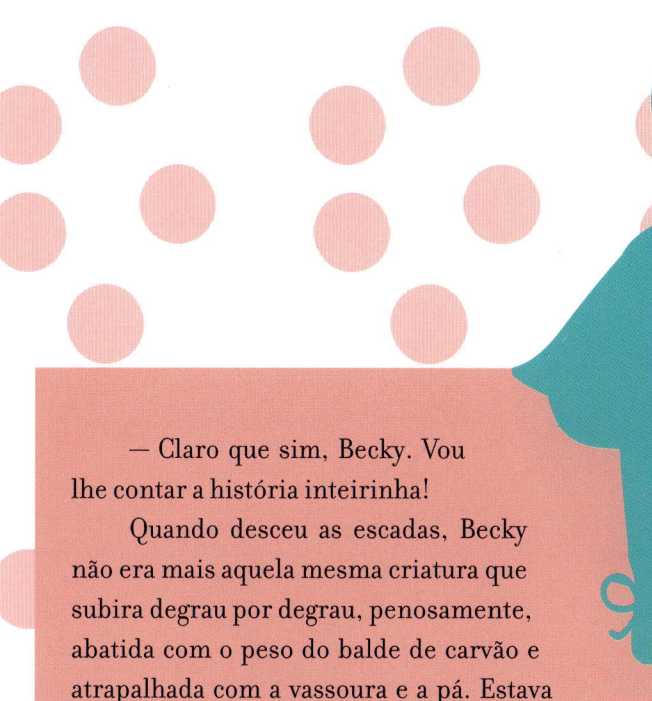

— Claro que sim, Becky. Vou lhe contar a história inteirinha!

Quando desceu as escadas, Becky não era mais aquela mesma criatura que subira degrau por degrau, penosamente, abatida com o peso do balde de carvão e atrapalhada com a vassoura e a pá. Estava alimentada e aquecida não somente pelo bolo e pelo fogo da lareira, mas por algo muito mais confortador, que era o carinho de Sara para com ela.

Quando ela se foi, Sara sentou-se no seu lugar predileto no canto da mesa, os pezinhos sobre a cadeira, os cotovelos nos joelhos e o queixo apoiado nas mãos. E ficou imaginando:

"Se eu fosse uma princesa, uma princesa 'de verdade', eu faria os maiores benefícios para o meu povo. Mas mesmo sendo apenas uma princesa de 'faz de conta', posso muito bem inventar algumas coisas para dar prazer aos que me rodeiam. Becky parecia tão feliz quanto se eu lhe tivesse dado ricos presentes. Eu acredito que fazer as coisas que as pessoas gostam é o mesmo que lhes dar fortunas. E eu posso distribuir fortunas assim."

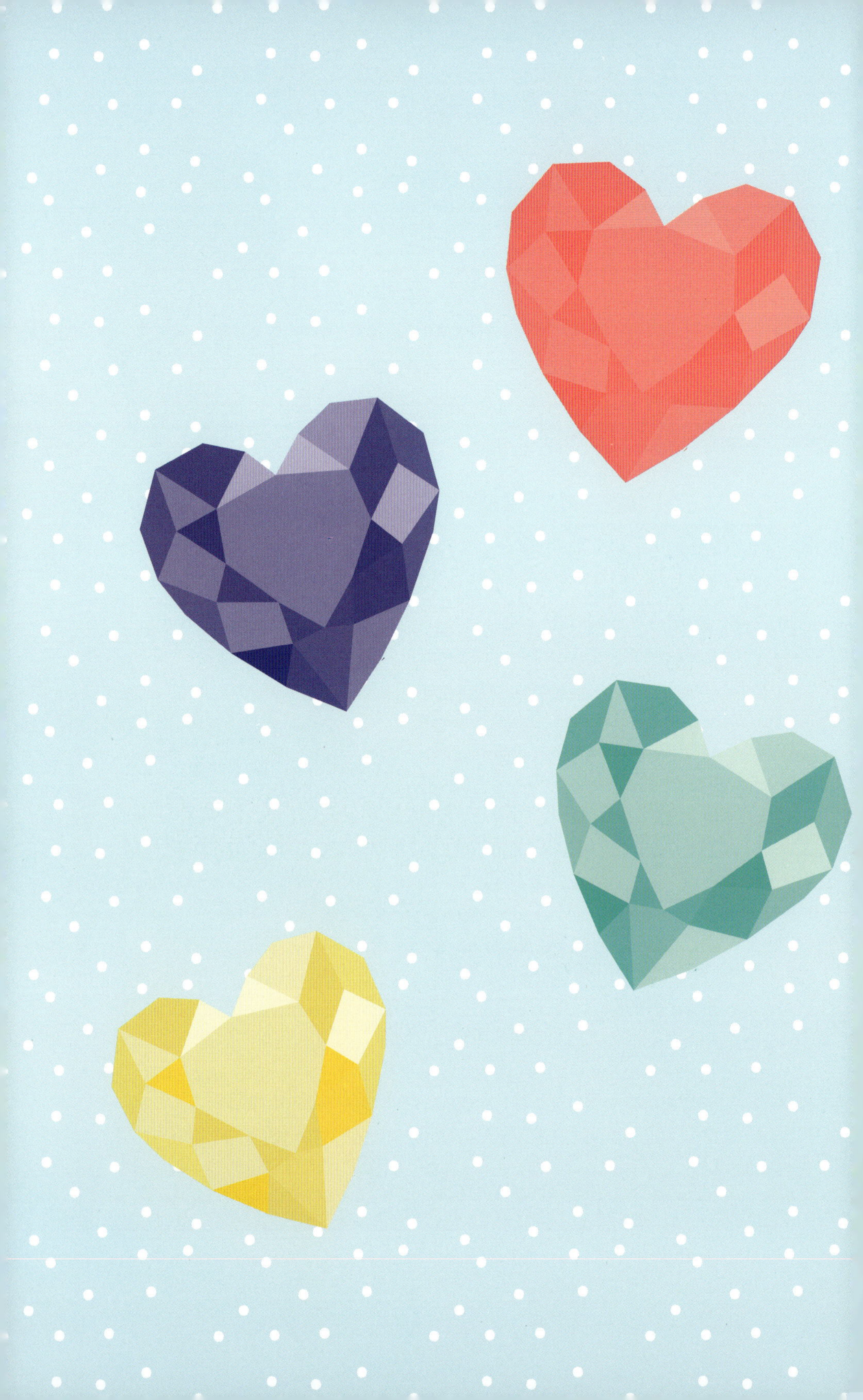

CAPÍTULO 6
AS MINAS DE DIAMANTES

Pouco tempo depois daquela noite, o pensionato de Miss Minchin foi sacudido por uma notícia empolgante, que se transformou no assunto único de todas as conversas por mais de uma semana.

A notícia chegou numa carta para Sara, em que o Capitão Crewe contava algo realmente extraordinário. Fora procurado na Índia por um ex--colega de colégio, que não via desde a infância. O amigo era dono de uma faixa de terra no interior daquele país, e na qual acabara de descobrir jazidas de diamantes! Para explorar essas jazidas era necessária a escavação de minas, o que importava em enormes despesas. E o amigo propusera ao pai de Sara fazerem o negócio juntos: dividiriam as despesas e, se tudo corresse como estava planejado e era praticamente garantido, ambos se tornariam donos de fabulosa fortuna. Foi isso, pelo menos, o que Sara deduziu da carta que leu e releu diversas vezes.

Qualquer outra espécie de negócio, por melhor que fosse, não teria deslumbrado tanto Sara e todas mais no colégio. Minas de diamantes lembravam os "Contos das Mil e Uma Noites", e ninguém podia ficar indiferente a algo assim. Sara estava maravilhada! Desenhou inúmeras figuras inspiradas no assunto, e descreveu para Ermengarda e Lottie os labirintos que se cavam nas profundezas da terra, formando as minas com as pedras cintilantes presas às paredes e ao teto. E já criava histórias sobre os homens que arrancavam essas pedras com pesadas e pontudas picaretas. Ermengarda se deliciava com aquelas descrições fabulosas e bem imaginadas, e Lottie toda noite pedia que Sara contasse tudo novamente. Lavínia ficou invejosíssima, e um dia disse a Jessie que duvidava da existência daquelas minas, completando:

— Mamãe tem um anel com diamantes, que custou uma fortuna. E são poucas pedras, pequenininhas. Se houvesse minas assim cheias de diamantes, seus proprietários possuiriam tais fortunas que seria até ridículo!...

— Talvez Sara fique tão rica que seria até ridículo... — debochou Jessie.

Lavínia não aguentou e gritou:

— Ela já é ridícula, mesmo sem ser tão rica!

— Acho que você a detesta, Lavínia... — interrompeu Jessie.

— Não é nada disso. É que eu não acredito nessa história de "minas cheias de diamantes"... Ela só vive imaginando coisas... De uns tempos para cá, deu para se sentir "como se fosse uma princesa". Só pensa nisso, até na aula, e diz que isso a ajuda a compreender melhor as lições!...

Concordando com as críticas que a amiga fazia a Sara, Jessie acrescentou:

— E ela diz que pode mesmo "se sentir como uma princesa", porque isso não tem nada a ver com o que você parece "por fora", nem com o que você possui. Depende apenas do que você pensa, e do que você *sente*...

— Vai ver ela pensa que poderia se sentir uma princesa mesmo que não passasse de uma mendiga... — concluiu Lavínia, acrescentando com despeito: — Vamos botar um apelido nela: "Sua Alteza Real"!

As duas tinham à sua volta algumas colegas, no salão onde sempre se reuniam para aproveitar o melhor momento do dia: aquele em que Miss Minchin e Miss Amélia as deixavam sozinhas e iam tomar chá numa salinha exclusiva.

Durante essa folga, muita conversa era trocada, muitos segredos passavam de confidência em confidência. Quando as menores corriam ou faziam algazarra, as maiores as continham com sacudidelas e ameaças. Pois eram encarregadas de manter a ordem, e se não o conseguiam corriam o risco de verem aparecer a diretora ou sua irmã para acabar com a festa.

Mal Lavínia mencionou o apelido todas se calaram, pois Sara entrou na sala. Logo atrás vinha a pequena Lottie, que se habituara a segui-la como um cachorrinho. Lavínia falou às outras, em voz baixa:

— Aí vem ela, com aquela pestinha! Já que gosta tanto da pirralha, por que não fica com ela na sua "salinha particular"? Daqui a pouco a Lottie começa a urrar, como sempre.

Lottie juntou-se a um grupo das menores, e Sara instalou-se perto, no vão de uma janela. Abriu um livro sobre a Revolução Francesa e começou a ler. Logo mergulhou na história dos prisioneiros da Bastilha, que viveram tantos anos no cárcere que quando foram libertados tinham o rosto quase coberto pelos compridos cabelos e barbas embranquecidas; e a memória tão fraca que pouco se lembravam do mundo exterior. Sara estava logo tão absorta no livro, tão longe do salão e das colegas ao seu redor, que foi um choque voltar à realidade chamada por um grito estridente de Lottie. A pequena se pusera a correr e a escorregar pela sala, caíra e ralara um joelho. E agora berrava e saltava num pé só, no meio de alunas amigas e inimigas. Entre essas últimas, estavam Lavínia e Jessie, irritadíssimas.

— Cale a boca já, "sua" chorona! — ordenou Lavínia.

Além de chorar pelo machucado. Lottie passou a berrar que não era chorona. E ao ver um fio de sangue descendo do joelho, berrou mais ainda chamando por Sara, que correu para ela e segurou-a nos braços:

— Vamos, Lottie, não chore...

— Lavínia me chamou de chorona! — queixou-se Lottie, sempre chorando.

— Pois então não chore. Se você chora, é lógico que ela pode chamar você de chorona... Venha sentar comigo perto da janela que eu conto uma história.

— Mesmo? Você quer contar... a das minas de diamantes?

Lavínia, que a tudo escutava, não aguentou:

— As minas de diamantes, de novo? Mas que criança insuportável! Minha vontade é de enchê-la de bofetadas!

Sara perdeu o controle. Já estava contrariada pela interrupção súbita da leitura. Quem gosta de ler sabe a irritação que ocorre quando se é arrancado bruscamente de uma leitura absorvente. E, além disso, Sara também não era um anjo, e não simpatizava nem um pouco com Lavínia. E respondeu-lhe com raiva:

— Pois bem: eu também gostaria de esbofeteá-la, Lavínia! Mas não o farei porque não somos crianças de rua para brigarmos, e temos bastante juízo para sabermos que isso não se faz!

Lavínia aproveitou a ocasião para usar o apelido:

— Como não, Sua Alteza Real!... Parece até que somos princesas. Pelo menos, uma de nós duas o é, com certeza... Este colégio deve estar famosíssimo, agora que Miss Minchin tem uma princesa entre suas alunas!

Sara avançou para Lavínia. Sua mania de "imaginar" e fazer de conta era das coisas que mais prezava na vida. Nunca falava disso com as meninas que não gostavam dela, e sua recente ideia de "sentir-se como uma princesa" era uma coisa muito íntima, que ela ocultava como um sentimento secreto. E lá estava Lavínia debochando daquilo na frente de quase todo o colégio! Ela sentiu o sangue esquentar-lhe as faces, e chegou a erguer a mão no ar, como se fosse agredir a outra. Mas conseguiu conter-se, pensando: "Quando se é uma princesa, deve-se controlar os desejos maus." Sua mão baixou, e ela ficou imóvel por um momento. Depois, em meio a um grande silêncio, falou com uma voz surpreendentemente calma e segura:

— É verdade. Muitas vezes eu imagino que sou uma princesa. E porque imagino que sou uma princesa, posso controlar-me e me portar como uma princesa!

Lavínia ficou tão envergonhada que não conseguiu achar nada para responder. Aliás, ela já havia percebido que quase nunca conseguia encontrar respostas adequadas quando discutia com Sara. A razão disso é que ela se perturbava nessas ocasiões, porque já percebera também que a maioria das colegas estava sempre "do lado" da sua oponente. E naquele momento, enquanto as outras se acercavam de Sara como prova de solidariedade, percebeu ainda que estavam todas de ouvidos atentos, para ver se ela conseguiria dar uma resposta boa. E Lavínia, afinal, só soube se sair com esta frase:

— Não diga! Pois espero que, quando Sua Alteza Real subir ao trono, não se esqueça de nós…

— Claro que não esquecerei!

Sem mais uma palavra, Sara se manteve de pé, altiva, fuzilando Lavínia com os olhos. Até que esta não resistiu mais ao seu olhar, deu o braço a Jessie e retirou-se da sala.

Depois desse dia, as meninas que invejavam Sara referiam-se a ela como "Princesa Sara" sempre que queriam desdenhar; e as que tinham afeição por ela usavam o mesmo apelido, mas com um tom de afeto e admiração. Pois suas admiradoras achavam que o título, entre solene e diferente, era um elogio à colega. Miss Minchin então, sabendo do apelido, passou até a mencioná-lo vez por outra, a pais de alunas e outras visitas, julgando que isso conferia ao colégio uma maior dignidade, um certo tom de "colégio real". Quanto a Becky, achava que o título de "princesa" era a coisa mais apropriada no mundo para Sara. A amizade das duas, nascida na noite do sono na poltrona, crescera e se fortalecera. Nem Miss Minchin nem a irmã sequer desconfiavam dessa amizade. Achavam que Sara era boazinha com a pobre criada, mas nem suspeitavam de certos deliciosos momentos passados às escondidas quando, tendo arrumado todos os quartos com extrema rapidez, Becky alcançava a salinha de Sara e lá despejava o resto de seu balde de carvão com um suspiro de alívio e encantamento. Naqueles momentos, deliciosas histórias eram contadas; coisas gostosas eram comidas ali mesmo ou postas nos bolsos do avental para serem saboreadas mais tarde, quando Becky subisse para o seu quarto no sótão.

Um dia, quando Sara colocava apressadamente alguns doces em seus bolsos, Becky comentou:

— Tenho que levá-los e comê-los com cuidado, senhorita, para não atrair os ratos!

Sara espantou-se:

— Os ratos?!... — E acrescentou, com medo: — Há mesmo ratos, lá em cima?

— Muitos, senhorita. Nos sótãos dessas casas antigas, há mais camundongos e ratos que outra coisa!

— Ah, que horror! — exclamou Sara.

— Depois de algum tempo a gente se acostuma. Quando a gente é uma empregada como eu, a gente se habitua com tudo. Não há outro jeito, senhorita. Até que prefiro ratos a baratas...

— Ah, isso eu também... — concordou Sara. E explicou: — Acho que a gente pode se habituar, domesticar, e até gostar de um camundongo engraçadinho. Mas não creio que a gente possa achar uma barata engraçadinha, nem muito menos domesticá-la...

Algumas vezes, Becky não ousava ficar mais que uns poucos minutos na gostosa salinha. Nessas noites, elas apenas trocavam algumas palavras gentis, e Sara punha um embrulhinho no bolso do avental de Becky. E surgiu um novo interesse na vida de Sara: saindo a pé ou de carro, ela pesquisava as vitrines, procurando e descobrindo coisas que fizessem pouco volume no bolso e muito efeito no estômago de Becky. E, no dia em que teve a ideia de trazer para a outra uns bolinhos de carne, teve certeza de que fizera uma compra sensacional, tal a satisfação de Becky ao vê-los:

— Ó, senhorita, isso é formidável, pois alimenta mesmo! Certos bolos e doces são ótimos, mas se desmancham logo... Já estes bolinhos, eles "ficam" mesmo no estômago da gente, compreende?

Sara sorriu.

— Não sei se eles "ficam", mas estou certa de que são nutritivos, e satisfazem.

Os bolinhos foram satisfazendo, assim como os sanduíches, as salsichas e as empadas que se seguiram não foram menos reconfortantes. Tanto que Becky ia aos poucos perdendo a sua aparência de fome permanente, e seu aspecto cansado. E o balde de carvão já não lhe parecia nem um pouco pesado. Pois, por mais pesado que ainda fosse o balde, apesar do mau gênio da cozinheira, e por mais duro que fosse todo o trabalho sobre seus ombros, Becky tinha sempre a animá-la a expectativa do fim da noite a compartilhar com Sara o calor de sua lareira e o seu afeto. Só o fato de ver e ouvir Sara já lhe seria suficiente, mesmo que não houvesse as guloseimas. Pois quando havia tempo somente para algumas palavras, estas eram sempre amistosas, agradáveis palavras que tocavam o coração; e se o tempo dava para mais, então havia sempre uma bonita história e outras coisas boas de alguém ouvir e não levar nos bolsos, mas levar no coração para relembrar depois, ao deitar-se na fria cama lá em cima no sótão. Em sua curta e miserável existência, Becky tivera raras ocasiões para rir. E Sara a fazia rir, e ria com ela. Embora nenhuma das duas soubesse disso, o riso era um alimento tão reconfortador quanto os bolinhos de carne, os sanduíches e as salsichas.

Algumas semanas antes do seu décimo primeiro aniversário, Sara recebeu do pai uma carta que não refletia o mesmo espírito alegre com que ele escrevera as anteriores. O Capitão Crewe não estava muito bem de saúde, e confessava-se sobrecarregado pelos negócios relacionados às minas de diamantes. E referiu-se até a uma certa febre recente, que o fazia rolar na cama metade da noite. A outra metade ele passava entre pesadelos. Mas atenuava essas notícias informando-a de que já tomara providências para o seu aniversário. Além de determinar a Miss Minchin que preparasse uma bela festa, mandou-a também encomendar uma riquíssima boneca. E acrescentava que o enxoval dessa nova boneca superaria o de Emily, e seria motivo de deslumbramento para todas no colégio. Terminava com a promessa de que, se seu estado de saúde e os negócios permitissem uma viagem, ele viria para a festa.

Sara respondeu de maneira curiosa, como sempre: julgava-se já crescida, e aquela seria sua última boneca. Achava que isso tinha algo de solene, mas confessava que nenhuma outra boneca, por melhor que fosse, jamais tomaria o lugar de Emily, a sua mais querida.

O aniversário de Sara foi precedido de grandes preparativos. E quando o tão esperado dia chegou, todo o colégio ficou tumultuado. Ninguém saberia contar como se passara a manhã, tais as providências e correrias que puseram a todos num excitamento invulgar. A sala de aula foi decorada com guirlandas de flores, as carteiras foram encostadas na parede e cobertas por bonito tecido vermelho. E um maravilhoso lanche foi preparado para ser servido no salão do internato.

Logo ao despertar, Sara encontrou na sua salinha um pequeno embrulho mal-amarrado. Viu logo que se tratava de um presente, não demorou a adivinhar de quem vinha, e abriu-o com emoção. Era uma almofadinha quadrada, de uma flanela usada e não muito limpa: tratava-se de um modesto porta-alfinetes feito à mão. E essa mão tivera o cuidado de espetar no centro da almofada vários alfinetes de cabeça preta, formando as palavras: "Feliz Aniversário."

—Ah, Becky... — murmurou Sara, emocionada.

Ela estava certa de que o presente viera de Becky, o que a alegrou bastante. Mas qual não foi sua surpresa quando descobriu embaixo do porta-alfinetes, preso na outra face da almofada, um cartão com o nome: Amélia Minchin! Enquanto virava e revirava o cartão sem entender, Sara escutou a porta abrir-se lentamente. Voltou-se e viu Becky enfiando a cabeça pelo vão da porta, para espiar. A empregadinha tinha no rosto um sorriso afetuoso e curioso. Vendo Sara, ficou sem jeito e parou à porta, torcendo os dedos. Depois de um silêncio, arriscou perguntar:

— A senhorita gostou?

— Se gostei? Claro que sim! Foi você mesma quem fez, Becky?

Becky riu um risinho nervoso mas alegre, e seus olhos brilhavam de contentamento. E foi dizendo, embaraçada:

— Eu queria lhe dar alguma coisa... E fiz esse porta-alfinetes, um pouco cada noite, lá no sótão. É só dois pedaços de flanela e... nem é flanela nova. Mas eu sei que a senhorita pode imaginar que é todo de cetim, e que os alfinetes são diamantes... Eu mesma tentei *fingir* isso, enquanto o costurava...

Depois, mais envergonhada, explicou:

— O cartão, sabe... Acho que não fiz mal, fiz? Eu apanhei ele na cesta de papéis. Não tenho cartão com meu nome, e achei que um presente só é completo se tiver um cartão junto. Então, peguei esse de Miss Amélia. Ela já tinha jogado fora...

Sara abraçou-a fortemente, e não pôde esconder que estava comovida, quando disse:

— Ó, Becky! Como eu gosto de você! Sim, gosto de você, de todo o meu coração!

— Ora, senhorita... — murmurou Becky. — Eu... eu não mereço tanto. A flanela nem era nova!...

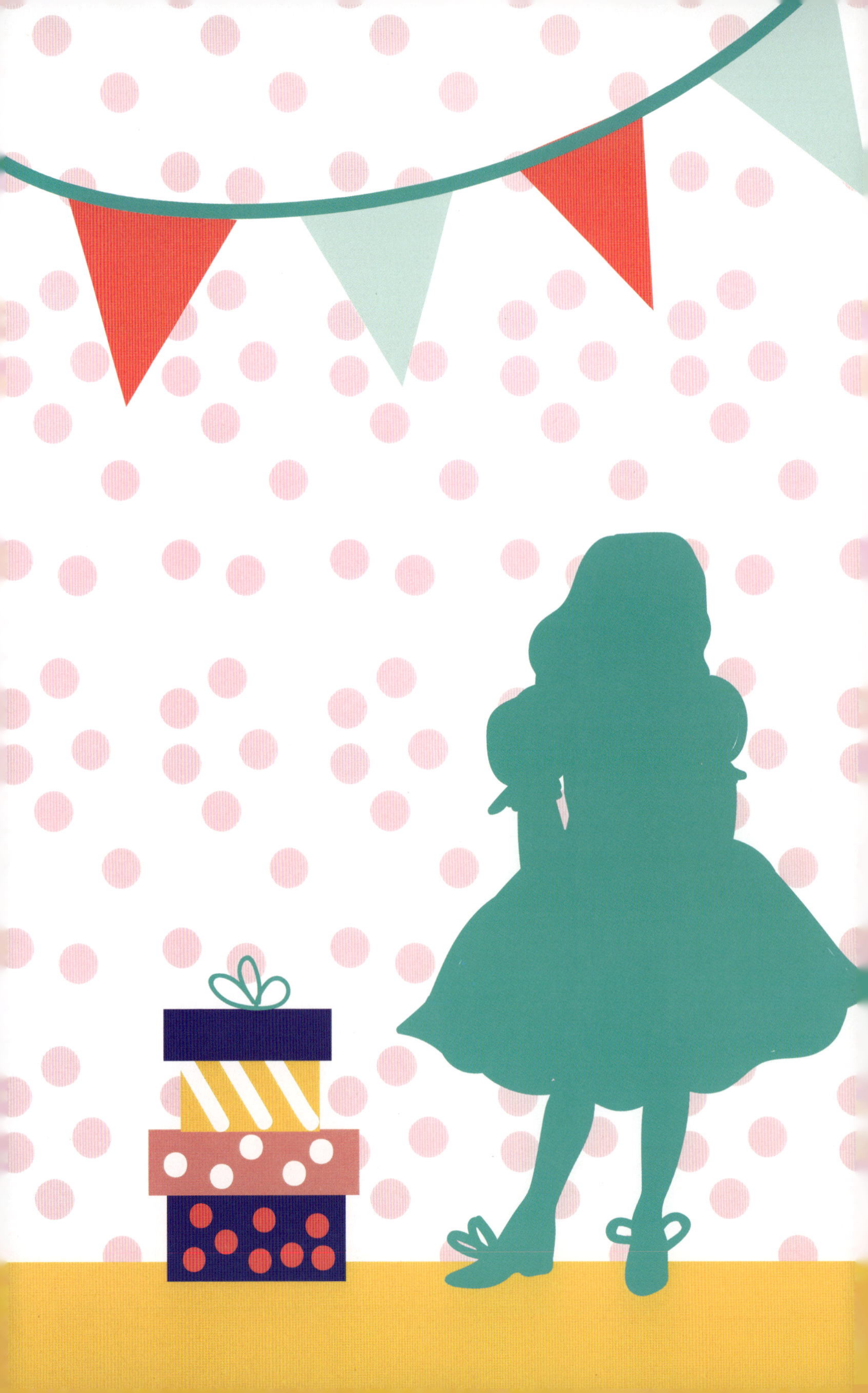

CAPÍTULO 7
NOVAMENTE AS MINAS DE DIAMANTES

Quando entrou na sala de aula toda decorada para sua festa, Sara vinha seguida por um verdadeiro cortejo. Miss Minchin, no seu melhor vestido de seda, a trazia pela mão. Logo atrás, um empregado engravatado segurava a caixa contendo a "última boneca". Algumas empregadas seguiam-no carregando outros embrulhos, e Becky, com avental limpo e touca nova, trazia outra caixa lindamente embrulhada. Sara até que teria preferido uma festa comum, como as dos aniversários das outras alunas. Mas fora a própria Miss Minchin quem lhe dissera, dias antes, numa conversa que tiveram a sós:

— Absolutamente, minha querida, seu aniversário não é um dia comum! E eu faço questão que não seja comemorado como uma festa comum, mas com toda a pompa de uma grande data!

Assim, Sara entrava agora na sala com grande pompa, e ficou até acanhada quando encontrou as colegas em fila, olhando-a fixamente.

Conforme foram entrando os presentes, os cochichos foram se transformando em comentários excitados, que já iam virando algazarra. Mas logo Miss Minchin fez-se ouvir, ordenando silêncio. Obedecida, mandou que os empregados colocassem os embrulhos em cima das carteiras e se retirassem. As meninas estavam tão agitadas na expectativa de conhecerem o conteúdo dos embrulhos que não notaram o que aconteceu com Becky: deslumbrada com a sala transformada para a festa e todas as meninas vestidas com seus melhores trajes, a empregadinha esqueceu sua condição; como esqueceu também que tinha nas mãos uma caixa, e que devia depositá-la no lugar mandado. Becky estava parada, embevecida, olhando Sara, as outras alunas, a sala, os outros embrulhos. Mas a voz de Miss Minchin estalou, quebrando seu encanto:

— Que é que está olhando, Becky? Esqueceu seu lugar? Ponha a caixa junto com o resto e saia!

Assustada, Becky tratou de obedecer, correndo. Mas enquanto os outros empregados se retiravam, à sua frente, ela foi diminuindo o passo e esticando o pescoço para trás, atraída pelos presentes ainda fechados. Estava morrendo de curiosidade, e fazia tudo para manter-se na sala até abrirem os embrulhos. Sara percebeu isso e adiantou-se

— Miss Minchin, ela não poderia ficar?

O pedido era audacioso! Miss Minchin, primeiramente, estremeceu. Depois, tirou os óculos e olhou com ar confuso a aniversariante, aquela aluna da qual se orgulhava e que agora a surpreendia tanto:

— Becky? — perguntou a diretora, admirada. E, tentando contornar, logo depois: — Minha querida Sara, mas…

Sara cortou-a, falando com firmeza:

— Gostaria que ela ficasse, pois tenho certeza de que está querendo ver os presentes. É uma menina como as outras…

Escandalizada, Miss Minchin olhava de uma para outra. E voltou a falar envergonhada, mas conclusiva:

— Sara, meu bem... Becky é uma empregada, e as empregadas não são como as outras meninas...

Realmente nunca ocorrera a Miss Minchin que as empregadas, crianças ou não, fossem outra coisa além de máquinas para carregar baldes de carvão e fazer todos os serviços que as pessoas dignas não fazem. Mas Sara estava decidida:

— Estou certa de que Becky é uma menina como eu! E que gostaria de ficar, e se divertiria na festa, tanto quanto qualquer outra. Peço-lhe que a deixe ficar, pois trata-se da minha festa. É o meu aniversário!

Contrariada mas sem argumentos, Miss Minchin respondeu friamente:

— Já que se trata do seu aniversário e você insiste... ela fica.

Becky assistira ao diálogo cheia do maior medo, mas ansiando por poder ficar. E logo correu a Sara, fazendo uma reverência:

— Obrigada, senhorita, muito obrigada. Bem que eu quero ver a boneca nova sim, bem que eu quero! — E, voltando-se para a diretora: — E obrigada, senhora, por me deixar tomar esta liberdade!

Miss Minchin olhou-a e apontou um canto da sala:

— Você fica... mas é lá, naquele canto! Não se aproxime das meninas, ouviu?

Becky obedeceu, maravilhada. Pouco lhe importava onde ficasse, contanto que lhe permitissem permanecer na sala e ver a boneca, em vez de voltar para a cozinha enquanto as alunas se divertiam ali. E nem se perturbou quando a diretora voltou a falar:

— Senhoritas, tenho algumas palavras a dizer. Vocês sabem que a nossa querida Sara completa hoje onze anos.

A sempre invejosa Lavínia murmurou para Jessie:

— Humm… "Nossa querida"…

Miss Minchin prosseguiu:

— Muitas de vocês já festejaram seus onze anos, mas o aniversário de Sara é diferente… Quando chegar à maioridade, ela vai herdar uma fortuna considerável, da qual, estamos certas, saberá fazer um bom uso. Quando seu pai a matriculou e me disse, brincando, que receava que ela viesse a ser muito rica, minha resposta foi esta: "A educação que ela receberá no meu colégio será tal que ela estará à altura da maior fortuna!" E, realmente, Sara tornou-se a minha aluna mais completa. Excelente em todas as matérias, fala o francês admiravelmente, e dança como uma bailarina. Seus modos, que lhe valeram o apelido de "Princesa Sara", são perfeitos. Ela foi muito amável convidando vocês todas para esta festa, e espero que apreciem sua generosidade. Desejo que todas agora testemunhem seu reconhecimento dizendo juntas: "Obrigada, Sara!"

Num movimento uno, as alunas se levantaram como haviam feito no dia em que Sara chegou e quase gritaram: "Obrigada, Sara!" A aniversariante se sentiu muito encabulada, pois não sabia que Miss Minchin ia fazer tal discurso, nem que ia obrigar as meninas a um tal agradecimento. Para contornar a situação, fez para as colegas uma reverência bem delicada e falou:

— Eu é que agradeço a todas, do fundo do coração, por terem vindo à minha festa.

— Bravo! — aprovou Miss Minchin, aplaudindo. — Eis como se comporta uma verdadeira princesa. E, agora, deixo vocês se divertirem.

No momento em que Miss Minchin fechou a porta atrás de si, dissipou-se o mal-estar que ela sempre provocava com sua presença. E todas as meninas se precipitaram para os embrulhos. Apontando um deles, Sara informou:

— Esse aqui tem os livros!

Houve murmúrios de espanto e decepção. Ermengarda comentou, aborrecida:

— Seu pai manda livros de presente de aniversário? Então, ele é tão mau quanto o meu. Não abra, não, Sara...

Sara riu, e voltou-se para a caixa maior. Abriu-a e dela tirou a "Última Boneca". Era tão magnífica que várias meninas não conseguiram segurar gritinhos de admiração, enquanto a maioria se afastava para vê-la melhor.

— Aqui está sua mala — disse Sara. — Vamos ver o enxoval dela.

Havia golas de renda, meias de sedas, lenços, luvas e até um cofre de joias contendo um colar e um diadema enfeitado de pedras que pareciam brilhantes verdadeiros. E ainda chapéus e leques. De pé junto à boneca, Sara colocou-lhe um grande chapéu de veludo azul e disse:

— Vamos agora imaginar que ela entende o que dizemos, e que está feliz por ser admirada por nós...

Lavínia não se conteve, e expandiu sua inveja num tom agressivo:

— A nossa pequena princesa tem sempre que imaginar coisas extraordinárias...

— É verdade — respondeu Sara, calmamente —, tenho essa mania. Mas saiba que é muito divertida. A gente imagina, por exemplo, ser uma fada; e de tanto imaginar uma coisa, acaba por acreditar que ela aconteceu!

— Ora, isso é bem fácil quando a gente tem alguém que satisfaz todas as nossas vontades... Mas se você fosse uma mendiga e vivesse num casebre, aí é que eu queria ver a sua imaginação. Não ia adiantar nada!...

Sara parou de ajeitar as plumas do chapéu da "Última Boneca" e respondeu com ar pensativo:

— Pois eu acho que ia adiantar, sim. Se eu fosse uma mendiga, teria ainda mais necessidade de imaginar, de sonhar com uma vida melhor. Não nego que seria mais difícil. Mas a mania de imaginar ia adiantar, e muito!

Mais tarde Sara haveria de pensar muitas vezes na estranha coincidência que representou o fato de, tão logo ela acabar de dizer aquela frase, Miss Amélia entrar na sala e chamá-la:

— Sara, o procurador de seu pai acaba de chegar, e Miss Minchin quer mostrar-lhe os presentes que comprou. Peço que convide suas colegas a irem para o salão, onde o lanche será servido em breve.

Era natural que as crianças aceitassem com prazer o lanche, a qualquer hora que fosse servido. Com efeito, os rostos se iluminaram, e Miss Amélia fez as alunas saírem em fila à frente da qual retirou-se com Sara. E Becky, que nem Sara lembrou de convidar para o lanche, ficou ainda um instante a contemplar as maravilhas do enxoval da boneca. Mas seu prazer foi logo substituído pelo medo que sentiu ao ouvir a voz de Miss Minchin se aproximando. Sem saber o que fazer, meteu-se debaixo de uma das carteiras e lá ficou, escondida pelo pano vermelho que as cobria.

Miss Minchin entrou na sala acompanhada por um homem pequeno, de rosto duro, e que refletia uma grande preocupação. A diretora o observava intrigada. Digna e reta, ela se sentou e ofereceu uma cadeira:

— Queira sentar-se, Sr. Barrow.

O Sr. Barrow não atendeu imediatamente. A "Última Boneca" e seu riquíssimo enxoval pareciam inquietá-lo. Ele colocou uns óculos grossos sobre o nariz e olhou tudo com um inesperado ar de desaprovação, que muito constrangeu Miss Minchin. Pois a diretora não o trouxera ali senão com o intuito de mostrar-lhe quão bem tratava a filha do seu cliente, e dar-lhe uma ideia das despesas que tivera. Depois, o homem suspirou. E disse:

— Centenas e centenas de libras desperdiçadas! Realmente, esse moço esbanjava dinheiro!

Miss Minchin não entendeu direito a frase, mas sentiu-se ofendida. O Sr. Barrow ousava censurar o pai de sua melhor aluna! Mesmo um procurador não tinha o direito de permitir-se tal liberdade. E falou, aborrecida:

— Desculpe, Sr. Barrow, mas não estou entendendo...

— Tais presentes no aniversário de uma menina de onze anos — continuou o homem — são uma extravagância, uma loucura!

Miss Minchin empertigou-se mais ainda.

— O Capitão Crewe é um homem rico. Só as suas minas de diamantes...

— As minas de diamantes levam muitas vezes à ruína, e não à opulência! — cortou o Sr. Barrow. — Quando não se é exatamente um homem de negócios, não se deve confiar em amigos de infância, e muito menos envolver-se nas minas de diamantes desse amigo. Nem em quaisquer espécies de minas de quaisquer amigos que lhe peçam para fazer sociedade... O falecido Capitão Crewe...

Miss Minchin levantou-se de um pulo e interrompeu-o, ofegante:

— Falecido? O senhor não veio aqui para me dizer que o Capitão...

— Morreu, sim, senhora! — confirmou ele, bruscamente. — Morreu de febres tropicais, depois de grandemente abatido por complicações financeiras. A febre talvez não o tivesse matado se ele já não estivesse abalado pelas preocupações de seus negócios, que não iam nada bem. E seus negócios não teriam ido tão mal se ele não tivesse sido atacado pelas febres que pegou na região das tais minas, que talvez nem existam! O Capitão Crewe morreu, sim, senhora.

Miss Minchin caiu sobre a cadeira. Não podia estar mais alarmada com as revelações do procurador.

— E quais eram as preocupações dele com os negócios?

— As minas de diamantes que não tinham diamantes, os amigos de infância... e a ruína!

Miss Minchin soltou um gritinho, quase sem fôlego:

— A ruína?!

— Ele perdeu todo o seu dinheiro. Era bem rico, é verdade, mas ele e o amigo estavam cheios de ilusões a respeito das minas, que levaram todo o dinheiro dos dois. O amigo de infância desapareceu quando o dinheiro acabou. O Capitão Crewe ardia em febre quando soube da ruína, e, ao saber do desaparecimento do sócio, teve um choque maior que suas forças. Não suportou os dois golpes brutais, e morreu delirando e chamando pela filha. A quem, aliás, não deixou um centavo sequer!

Só então Miss Minchin compreendeu a irritação do procurador. E a sua foi maior que a dele, pois ela jamais sonhara receber tal golpe: sua aluna privilegiada e o fabuloso pai lhe serem subtraídos assim, de repente, de um só lance! Ela sentiu como se tivesse sido enganada e roubada. E o Capitão Crewe, sua filha Sara e esse tal de Sr. Barrow lhe pareciam igualmente culpados de sua desgraça pessoal. Como que acusando também o procurador, gritou-lhe:

— O senhor ousa dizer que o Capitão Crewe não deixou nada? Que Sara não vai herdar coisa alguma? E que essa menina agora não é mais que uma mendiga? E que eu tenho nas costas uma pobretona em lugar de uma riquíssima herdeira?

O Sr. Barrow era um homem de negócios, competente, honesto e claro. E achou bom esclarecer, sem demora, que não tinha nenhuma responsabilidade no caso.

— A menina certamente transformou-se numa mendiga. Certamente está e certamente ficará nas suas costas, pois não sabemos que ela tenha qualquer parente neste mundo.

Miss Minchin precipitou-se para a porta, num ímpeto, como se fosse correr ao salão e acabar com a festa que, naquele exato momento, transcorria alegre e ruidosa com a criançada à volta da mesa do lanche. Mas logo parou e voltou-se, como que se queixando ao Sr. Barrow:

— Isso é… isso é monstruoso! Essa menina está agora no meu salão, vestida de sedas e rendas, dando uma festa à minha custa!

— Se é ela quem oferece a festa, não há dúvidas de que o faz à custa da senhora — confirmou o Sr. Barrow, com toda a calma. — Nunca uma fortuna foi tragada de maneira tão completa como aconteceu com o Capitão Crewe. Ele morreu sem nada, sem pagar nem mesmo uma modesta dívida que temos dele, em nosso poder. Deu-nos um grande prejuízo.

A indignação de Miss Minchin chegou ao limite. Isso era mais terrível do que tudo que ouvira antes, porque até ali ela supunha que o procurador do pai de Sara viera regularizar as dívidas da menina para com o internato.

— Eu pensava ser ao menos reembolsada de todas as despesas absurdas que tive com essa menina, desde o último pagamento!… Fui eu quem pagou essa boneca enorme e todo o seu enxoval extravagante! Que devo fazer, Sr. Barrow?

— Não há nada a fazer, minha senhora. O Capitão Crewe morreu sem um tostão, e a menina não tem crédito. Só a senhora será responsável por ela.

— Não sou responsável e me recuso a ser! — gritou Miss Minchin, pálida de raiva.

O Sr. Barrow colocou seus óculos no estojo e levantou-se para sair, concluindo evasivamente:

— Não tenho nada a ver com isso, minha senhora. Meu sócio e eu não somos responsáveis, pois a menina não foi matriculada por nós em seu estabelecimento. Mas aceite os nossos sentimentos pelo rumo que o caso tomou.

Miss Minchin não aceitou nem os sentimentos nem a desculpa do Sr. Barrow.

— Se o senhor pensa que vai se livrar dela em cima de mim, está muito enganado! Fui roubada, lograda, prejudicada, e porei a menina no olho da rua!

Com a mesma frieza de até agora, o visitante ponderou:

— Eu não a aconselharia a fazê-lo, pois isso daria uma péssima impressão e prejudicaria a reputação do seu colégio. Uma aluna posta na rua, sem dinheiro e sem parentes... É melhor ficar com ela e aproveitá-la em algum trabalho. É uma menina inteligente, não é? Poderá trabalhar desde agora e, mais crescida, prestar-lhe-á bons serviços.

Depois disso, o Sr. Barrow nada mais disse e nada mais escutou. Cumprimentou a diretora, saiu da sala sem mais demora e fechou a porta atrás de si, deixando Miss Minchin paralisada, olhando a porta com um olhar furioso. E assim ficou ainda por algum tempo, abatida com o grande choque, sem saber o que fazer de imediato. Mas os gritos de alegria que vinham do salão tiraram-na do impasse. Ao menos com aquilo ela podia acabar, e ia fazê-lo já. Mas a porta se abriu e apareceu Miss Amélia, que hesitou vendo a figura transtornada da irmã. A diretora lhe perguntou, feroz:

— Onde está Sara Crewe?

— Sara? Claro que está no salão, divertindo-se com as colegas...

— Terá ela um vestido preto no seu tão luxuoso guarda-roupa?

Miss Amélia nada compreendia.

— Vestido preto? Não... Sim... Ela tem um só, de veludo preto, mas está velho e muito curto. Quase não lhe chega mais...

— Pois vá dizer-lhe que tire aquele maravilhoso vestido de musselina rosa e ponha o preto, esteja velho e curto ou não! Para ela, acabaram-se os belos vestidos: o Capitão Crewe morreu, e morreu sem deixar dinheiro algum! Essa menina mimada e luxenta cai nos meus braços completamente arruinada. Gastei com ela uma verdadeira fortuna esse ano, e jamais recuperarei um centavo de tudo que paguei adiantado desde a última vez que recebi alguma coisa de seu pai! Faça acabar imediatamente essa festa ridícula! Faça-a mudar de roupa agora. Vá!

Miss Amélia estava abobalhada. Não se moveu, perguntando apenas:

— Eu? Será preciso que eu vá avisá-la agora?

— Imediatamente! E não fique me olhando como uma boba. Vá logo!

Que penoso encargo! Atravessar uma sala cheia de crianças e dizer à dona da festa que ela se tornara órfã e pobre parecia doloroso demais à irmã da diretora. Era doloroso, sim, mas Miss Amélia não ousou desobedecer e deixou a sala sem mais uma palavra.

Andando de um lado para o outro, Miss Minchin ouviu um soluço na sala onde julgava estar só. Estremeceu, parou junto da carteira de onde viera o ruído e levantou a coberta vermelha. Lá estava Becky, encolhida, com a touca caída para um lado e os olhos vermelhos de chorar. Miss Minchin gritou:

— Saia daí, já! Você esteve aí todo o tempo, escutando?

A pobre Becky engatinhou para fora do esconderijo, desculpando-se entre soluços. Chorava de pena do destino de Sara, mas seu sofrimento agora se confundia com o medo que sentia de Miss Minchin. Explicou gaguejando que não tivera tempo de retirar-se da sala, e ali se escondera sem má intenção. Sua pena de Sara foi mais forte que seu medo, e pediu à diretora:

— A Senhorita Sara sempre foi rica, bem tratada e bem servida. Se a senhora me permitir eu poderei servi-la depois de terminar o meu trabalho de sempre. Gostaria de ajudá-la, agora que está pobre.

Mas isso só aumentou a cólera de Miss Minchin.

— Que servi-la, coisa nenhuma! Ela agora se servirá a si própria, e também às outras!

Algumas horas mais tarde, todos os sinais da festa já tinham desaparecido. As alunas foram reunidas na sala de aula, em pequenos grupos, e trocavam comentários, sob grande tensão. Sara estava em seu apartamento, para onde se recolhera logo que soubera da morte do pai. Miss Minchin mandou que a irmã fosse buscá-la e a levasse para a salinha de estar exclusiva das duas:

— Diga a Sara que venha, mas que não quero cenas nem lágrimas!

— Minha irmã… — observou Miss Amélia — nunca vi criança mais estranha e surpreendente! Quando lhe revelei o que acontecera, não fez cena nenhuma. Ficou imóvel e olhou-me sem dizer uma palavra. Seus olhos pareciam crescer, foi ficando pálida, e, quando acabei de falar, saiu da sala correndo para refugiar-se em seu apartamento.

Somente a própria Sara soube o que se passou com ela, depois que se trancou em seus aposentos. E ela mesma só conservou a lembrança de ter andado muito tempo de um lado para o outro, repetindo com uma voz que não parecia sua:

— Meu pai morreu! Meu pai morreu…

Quando chegou à saleta de Miss Minchin, o rosto de Sara não tinha outra cor a não ser a das olheiras que lhe sombreavam os olhos. Vestira de qualquer modo o vestido preto, realmente curto e apertado. E trazia Emily nos braços, enrolada num pedaço de fazenda preta.

— Ponha essa boneca de lado! — ordenou Miss Minchin. — Que ideia foi essa de trazê-la consigo?

— Não — disse Sara —, não a deixarei. É tudo que possuo, e foi meu pai quem a comprou para mim.

Mas Minchin sempre se sentira constrangida na presença dessa menina que agora, além de constrangê-la, a irritava mais que nunca. E retrucou:

— Você não terá mais tempo de brincar com bonecas: terá que trabalhar, aprender muitas coisas para tornar-se útil. Espero que Miss Amélia lhe tenha explicado tudo, direitinho.

— Explicou, sim — respondeu Sara. — Meu pai morreu. Não me deixou nada. Sou completamente pobre.

— Você não é mais que uma mendiga! — exclamou Miss Minchin, sentindo a cólera apoderar-se dela por tudo que aquilo lhe significava de prejuízo. E quase como que acusando Sara, prosseguiu: — E para piorar, você não tem nenhum parente, ninguém que possa se interessar por seu destino. E eu é que tenho que sustentá-la, por caridade!

Sufocando um soluço, Sara disse apenas, em voz baixa:

— Compreendo.

— Pois espero que compreenda também que tudo que comprei para você este ano, assim como esta festa de aniversário e todos os magníficos presentes, tudo isso custou o meu dinheiro! Inclusive a tal "Última Boneca" e mais o seu ridículo enxoval. Por isso ela é minha! Tudo que você possuía é meu!

— Então fique com tudo — respondeu Sara. — Eu não quero nada, a não ser a Emily.

Se Sara tivesse um ar assustado ou suplicante, se tivesse chorado, talvez Miss Minchin fosse mais benevolente. Era uma mulher que gostava de dominar e sentir-se a mais forte. Naquele momento, vendo a figurinha de Sara muito pálida mas calma, e ouvindo sua resposta altiva, teve a impressão de que a menina queria menosprezar a sua força.

— E não me faça poses! O tempo em que você podia fazê-las já passou! Você não é mais uma princesa, você agora é como Becky: precisa trabalhar para se sustentar.

Para espanto da diretora, os olhos de Sara se iluminaram com um raio de esperança e de alívio, quando falou:

— Posso trabalhar? Então não será tão ruim. O que acha que posso fazer?

— Você fará tudo que eu mandar. Se souber tornar-se útil, permitirei que fique aqui. E, como fala bem francês, poderá ajudar a ensinar as menores. Mas não pense que será só isso! Ajudará na cozinha, assim como na sala de aula. E, se eu não gostar dos seus modos, mando-a embora. Lembre-se disso. Agora saia!

Sara voltou-se para sair, e Miss Minchin ainda disse:

— Então? Não vai nem me agradecer?

Sara parou e olhou a diretora por um instante, para logo perguntar:

— Agradecer pelo quê?

— A bondade de que dou prova, oferecendo-lhe um lar.

Até ali Sara tinha conseguido reprimir o que sentia por Miss Minchin tratá-la daquele modo. Nesse momento, não se conteve: deu alguns passos em direção a ela, encarou-a e, com a respiração ofegante e uma firmeza acima de sua idade, disse:

— A senhora não é boa, e isso aqui não é um lar!

E saiu logo da sala, correndo, antes que Miss Minchin pudesse retê-la. Sua resposta e sua saída foram tão rápidas que a diretora nada pôde fazer além de segui-la com um olhar furioso.

Apertando Emily contra o peito, Sara subiu correndo a escada. Ia ansiosa por chegar ao seu apartamento e trancar-se, e ficar olhando a lareira, e pensar... pensar... pensar... Mas da ponta do corredor avistou Miss Amélia à porta de sua sala, em atitude de quem monta guarda. Mais perto, percebeu que a mulher estava bastante contrariada com o papel que era obrigada a desempenhar. Sara caminhou até lá, e a irmã da diretora lhe comunicou:

— Você não pode entrar aqui...

— Não posso entrar?

— Não, Sara. Não são mais seus aposentos — continuou Miss Amélia, corando um pouco. — De agora em diante você dormirá no sótão, com Becky.

Sara sabia onde era. Sem dizer mais uma palavra, seguiu o corredor e subiu mais dois lances de escada. Chegando à porta do quarto ao lado do de Becky, seu coração batia descompassadamente. Entrou, fechou a porta em seguida, apoiou-se na parede e olhou em torno. Sim, era um outro mundo! O quarto era pequeno, com o reboco das paredes sujo e esburacado em vários pontos. Uma lareira pequena e também suja, com uma grade de ferro já bem velha, mostrava que não aquecia aquele cômodo há muito tempo, nem tinha com que aquecê-lo dali por diante. Também de ferro mas ainda mais velha era a cama, com um colchão duro e uma coberta estragada. Pelos cantos, um ou outro móvel sem uso, que lá fora abandonado.

Entre eles, um velho tamborete vermelho, todo desconjuntado. O teto era completamente inclinado, pois correspondia a um dos telhados da casa, visto que o sótão era um terceiro andar espremido entre os dois telhados. Na parte mais alta do teto, havia uma espécie de claraboia, uma abertura com um postigo de vidro que servia para clarear um pouco o sótão, durante o dia. E pelo qual se via um quadrado do céu cinza e triste, anoitecendo.

Sara sentou-se na cama. Colocou Emily no colo e ficou olhando a boneca, sem uma palavra ou movimento. Ela chorava muito raramente, mas talvez o tivesse feito agora, se não ouvisse na porta umas batidas leves. Eram pancadinhas humildes, que cessaram logo. Em seguida a porta foi abrindo devagar, e um rostinho sujo e alagado de lágrimas apareceu olhando para dentro. Era Becky, com o rosto mais escuro que nunca: chorara durante horas, e esfregara os olhos com o avental sujo, lambuzando-se toda.

— Srta Sara... Posso... Permite que eu entre?

Sara tentou sorrir, mas não conseguiu. Talvez comovida pela presença e pela carinhosa tristeza dos olhos de Becky, a pequena princesa não foi mais capaz de conter o choro, que brotou enquanto dizia:

— Ó, Becky, bem que eu dizia a você que éramos todas iguais... Veja como é verdade! Não há mais diferença entre nós, agora... Eu não sou mais uma princesa!

Becky correu para ela, tomou-lhe as mãos e apertou-as contra o coração. E, ajoelhando-se perto da amiga, disse-lhe com a voz também entrecortada:

— Ah, não, a senhorita *é* uma princesa! Aconteça o que acontecer... será sempre uma princesa, e nada poderá mudá-la!

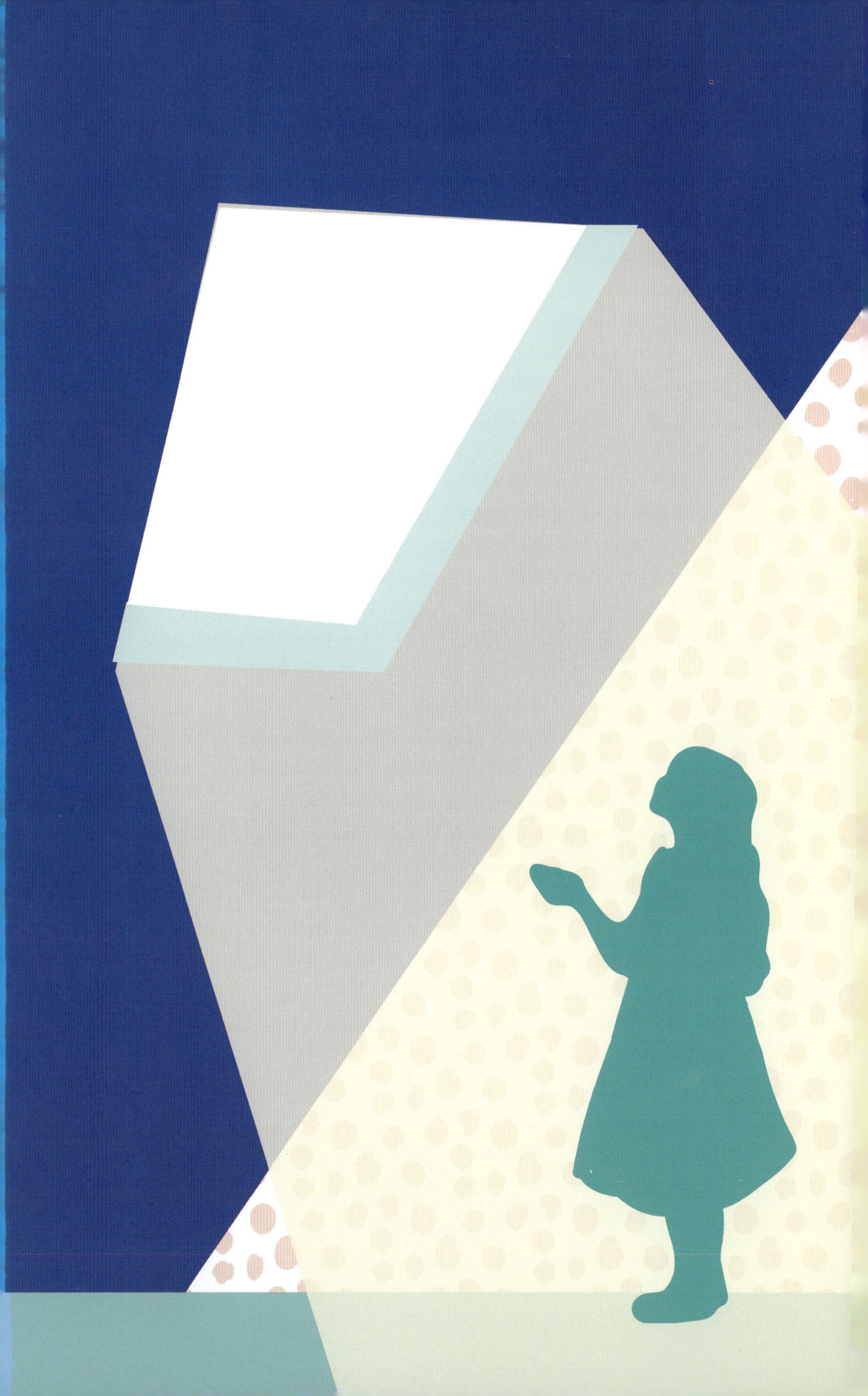

CAPÍTULO 8
NO SÓTÃO

A primeira noite passada no sótão foi uma coisa para Sara não esquecer nunca mais. O que sentiu de angústia e de abatimento não tinha nada de infantil, e ela jamais comentou com alguém, pois ninguém poderia compreender. Na escuridão e no silêncio ela repetia sem parar, entre soluços:

— Papai morreu... Meu paizinho morreu!...

Só mais tarde é que ela foi percebendo que a cama era tão dura que a fazia virar-se e revirar-se à procura de uma posição para dormir. E que a escuridão era a mais negra em que já se havia encontrado. E que um ruído ainda mais incômodo que o do vento nas chaminés era o de certas arranhadelas nas paredes e nos rodapés, e uns barulhos agudos que ela sabia bem o que significavam porque Becky já os descrevera: eram as lutas dos ratos e camundongos. Algumas vezes ela ouviu bem perto o barulho de patinhas ligeiras sobre o assoalho, e, apavorada, sentou-se tremendo na cama e cobriu-se até a cabeça com o lençol.

Todos os seus tão elogiados hábitos foram destruídos ou mudados. E Miss Minchin incumbiu-se de que isso se desse não aos poucos, mas de uma só vez. Quando no dia seguinte desceu para o café, Sara viu que seu lugar ao lado da diretora já estava ocupado por Lavínia. E Miss Minchin falou-lhe friamente:

— Você começará suas novas obrigações sentando-se na mesa das alunas menores. Tomará conta delas, para que se portem bem e não desperdicem comida. E devia ter descido mais cedo, pois Lottie já derramou o leite!

A cada novo dia, tiravam-lhe alguma regalia que ainda tivesse e davam-lhe mais obrigações. Além de tomar conta das meninas e ensinar-lhes francês, passou a ter que fazê-las estudar as outras matérias. Mas isso foi a menos penosa das novas tarefas, pois cada dia descobriam que podiam ocupá-la em mais outra coisa. Mandaram-na à rua para dar recados, e logo depois passou a fazer todas as compras pelas redondezas. Os serviços esquecidos ou malfeitos por outras passavam a ser de sua obrigação. E, em pouco tempo, até a cozinheira se alegrava de poder dar-lhe ordens.

Durante os primeiros meses, Sara teve a ilusão de que sua boa vontade e seu silêncio poderiam abrandar a rudeza de todas que lhe davam ordens tão duramente. Mas toda a sua humildade nada conseguia nesse sentido. Se fosse mais velha, talvez Miss Minchin a tivesse mandado ensinar às maiores, para economizar o ordenado de uma auxiliar de professora. Mas, sendo ainda muito criança, foram usando-a cada vez mais nos serviços domésticos; até que as tarefas de Sara não se distinguiam em nada das obrigações de uma empregada qualquer. Em pouco tempo sua instrução foi sendo posta de lado: não lhe ensinavam mais nada.

E só com muita relutância a menina conseguiu permissão para, depois do dia de trabalho a correr de um lado para o outro sob as ordens de todas, ir estudar sozinha à noite, com uns livros velhos, quando a sala de aula ficasse deserta.

Sara tinha bastante orgulho para não tentar manter as mesmas relações de antes com as colegas. Pois estas, que inicialmente se mostraram apenas constrangidas com a sua presença, foram gradativamente se esquivando e evitando-a. As alunas de Miss Minchin não passavam de uma coleção de meninas prosaicas e banais, acostumadas com riqueza e conforto. E conforme os vestidos de Sara iam ficando mais gastos e curtos, as alunas iam acentuando a noção de que, quando falavam com ela, dirigiam-se a uma simples empregada. Em pouco tempo Sara já trabalhava o dia inteiro, pouco estudava, e quase nenhum contato tinha com as outras meninas. Pois Miss Minchin certa feita determinou que ela passasse a fazer as refeições na cozinha.

Mas em meio às durezas e à solidão da nova vida, Sara contou com a simpatia de três pessoas. É fácil adivinhar que a primeira delas era Becky. Toda manhã, antes de descerem para os trabalhos do dia, ela ia ao quartinho de Sara oferecer-lhe para ajudá-la em alguma coisa. E à noite Sara ouvia sempre umas pancadinhas tímidas à sua porta, o que significava que a pequena criada estava de novo pronta a ajudá-la.

A segunda das três pessoas amigas era Ermengarda, que não desempenhou logo o seu papel. A gorda lourinha fora chamada para casa antes do aniversário de Sara, e só voltou ao colégio muitas semanas depois. Quando as duas se encontraram pela primeira vez no corredor, Sara já estava totalmente mudada: mal vestida, pálida, e com os braços carregados de trouxas das roupas sujas das alunas. Ermengarda estava a par de tudo que acontecera, mas não era bastante sagaz para saber como agir naquele momento embaraçoso. Tremendamente atrapalhada, sentiu-se a mais infeliz das alunas do pensionato e só soube perguntar com embaraço:

— Sara... Você é... Você é muito infeliz?

Sentindo o coração apertar, Sara foi injusta sem querer. Achou mesmo que era preferível acabar as relações com uma pessoa tão tola. E respondeu perguntando:

— O que é que você acha? Acha que eu sou feliz?

E seguiu seu caminho, passando ao lado de Ermengarda sem sequer dirigir-lhe um olhar. Mais tarde Sara compreendeu que seu desgosto a transtornara, e que fora até injusta. Sabia que Ermengarda não era culpada de sua pouca inteligência, nem de sua falta de jeito; e que, quanto mais emocionada, mais boba ficava. Mas o resultado é que se estabeleceu uma barreira entre as duas. Quando se encontravam, Sara desviava o olhar e Ermengarda não encontrava condições de lhe falar.

Certa noite em que Sara subiu ao quarto mais tarde do que de costume, ficou espantada de ver luz sob sua porta. Alguém acendera uma vela das que iluminavam os castiçais dos quartos das alunas, pois era luz mais forte que a da vela do quartinho do sótão. Entrando, Sara deparou com alguém totalmente envolto numa manta de dormir, imóvel sobre o tamborete desconjuntado. Era Ermengarda. Sara ficou tão surpresa quanto assustada:

— Ermengarda, você vai me arranjar aborrecimentos!

Ermengarda saltou do tamborete e correu para a outra, arrastando a manta e seus grandes chinelos. Seus olhos e seu nariz estavam vermelhos de tanto chorar.

— Ah, isso não me importa! Sara, por favor, diga o que houve. Por que você não gosta mais de mim?

Alguma coisa na entonação daquela vozinha trêmula emocionou Sara profundamente. E ela respondeu com carinho:

— Mas eu gosto de você, Ermengarda... É que eu pensei... Bem, agora tudo é diferente, e eu tive a impressão de que você também tinha mudado, como as outras...

— Ah, Sara... — gemeu Ermengarda, consternada. —Eu?

Depois de um momento de hesitação, as duas se atiraram uma nos braços da outra, entre risos e lágrimas. Em seguida, sentaram-se no chão. Ermengarda contemplava com adoração a sua amiga de olhos imensos. E confessou:

— Eu não aguentava mais. Você poderia viver sem mim, mas eu não posso passar sem você! E esta noite, enquanto chorava no meu quarto com saudades suas, tomei a decisão de subir até aqui e suplicar que seja novamente minha amiga.

— Você é melhor do que eu... — disse Sara. E explicou: — Meu orgulho não me deixou tentar reatar essa amizade. Você vê? As provações chegaram e provaram que eu não era uma menina tão boa quanto pensávamos. Talvez por isso mesmo é que elas me foram mandadas...

— Eu não sei qual a vantagem das provações! — replicou Ermengarda, num tom que era uma mistura de queixa e revolta.

— Nem eu tampouco — continuou Sara —, mas deve haver sempre um lado bom em tudo que acontece. Mesmo quando nós não percebemos logo...

Ermengarda fitou-a intrigada, olhou ao redor, e perguntou:

— Sara, você acha que pode realmente viver aqui?

— Acho que posso, sim — respondeu Sara, seguindo o olhar da amiga. — Se eu imaginar e fizer de conta que tudo aqui é diferente da realidade, eu posso.

Na verdade, Sara ainda não imaginara isso. Era naquele exato momento que sua imaginação recomeçava a trabalhar, coisa que não acontecia desde que perdera o pai. E Sara prosseguiu, falando devagar e calmamente:

— Outras pessoas viveram em lugares muito piores. Pense no Conde de Monte Cristo, no torreão do Castelo de If. E pense nos prisioneiros da Bastilha! Sim, está aí um bom lugar para a gente fazer de conta: a Bastilha!

— A Bastilha!... — murmurou Ermengarda, já começando a empolgar-se.

Um brilho conhecido reapareceu nos olhos de Sara, que prosseguiu:

— Sim, a Bastilha. Isso! Eu estou prisioneira da Bastilha, há muitos e muitos anos, e todo mundo já esqueceu quem eu era! Miss Minchin é o meu carcereiro, e Becky... — Seus olhos brilhavam mais, conforme ia criando o jogo de faz de conta —... Becky é minha vizinha de cela!

Voltou-se para Ermengarda. Era quase a mesma Sara de antes.

— Sim, vou imaginar tudo isso, e será um grande consolo para mim!

Ermengarda estava ao mesmo tempo impressionada e encantada:

— E você vai me contar tudo, não é? Posso subir na ponta dos pés à noite, quando não houver perigo, para você me contar o que inventou durante o dia? E... vamos voltar a ser "grandes amigas"? Vamos ser mais "grandes amigas" do que nunca, está bem?

— Sim! — confirmou Sara, balançando a cabeça. — A adversidade põe à prova as amizades. Minha infelicidade colocou você à prova, e mostrou o quanto você é boa!

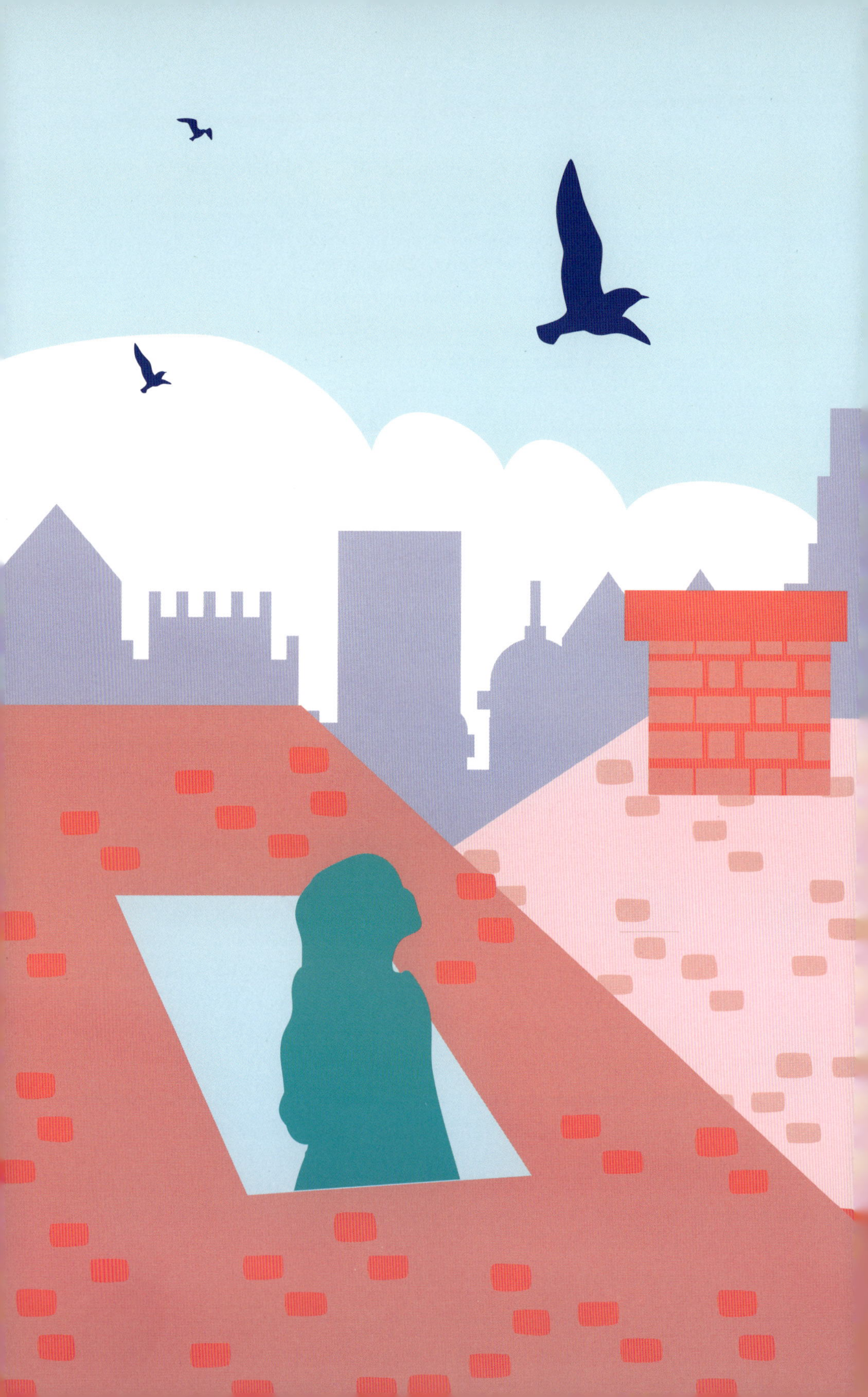

CAPÍTULO 9
MELCHISEDEC

E a terceira pessoa do trio foi Lottie. Ela era muito pequena para compreender a palavra "adversidade", que Sara gostava de empregar, e ainda menos os desgostos sofridos por sua mãezinha adotiva. Ela bem que ouvia comentários sobre as alterações radicais da vida de Sara, mas não podia entender por que a outra não era mais a mesma pessoa, nem por que usava um vestido surrado e só vinha à sala de aula para ensinar às menores, em vez de sentar-se no lugar de honra e estudar as suas próprias lições, como antes. E numa manhã em que Sara lhe dava lição de francês, perguntou confidencialmente:

— Você ficou pobre? Tão pobre quanto uma mendiga? Eu não quero!

Sara respondeu baixinho:

— Os mendigos não têm casa, e eu moro numa casa.

— E onde você dorme, agora?

— Num outro quarto, lá em cima...

— É bom? Eu quero ir lá!

— Psssss... Cale-se, Lottie. Miss Minchin está ali, e já vai se zangar se conversarmos durante a lição.

Mas Lottie era decidida. E já que Sara não queria dizer onde dormia, ela iria descobrir sozinha. Foi assim que certa tarde partiu para uma viagem de descoberta. Subindo as escadas para o sótão, viu-se diante de duas portas. Uma delas estava entreaberta. Lottie empurrou-a e deparou com a sua mãezinha adotiva trepada na mesa, olhando para fora pela tal abertura do teto. E gritou:

— Mamãe Sara!

Sara voltou-se, pasma. Pulou da mesa e correu para Lottie:

— Não chore, nem faça qualquer barulho! Se descobrem você aqui eu serei repreendida, e já o fui o dia todo.

— É esse o seu quarto?

— Sim, é esse — respondeu Sara que, vendo o desapontamento da outra, completou: — Não é... não é tão ruim assim, não é, Lottie?

Pela expressão e pelo beicinho, Lottie demonstrava não ter gostado nem um pouco. E perguntou, na sua maneira:

— Por que que não é tão ruim assim?

Sara até que achou graça na frase, e apertou Lottie nos braços. Era agradável ter aquela amiguinha no colo. Lottie logo voltou a perguntar:

— Por que é que você estava trepada na mesa, olhando lá para fora?

— Porque esse sótão é alto, e se vê por aquela janelinha lá em cima uma porção de coisas que não podemos avistar lá de baixo.

— Que porção de coisas? — perguntou ainda Lottie, agora já com aquela curiosidade que Sara sabia despertar mesmo em meninas maiores.

— As chaminés, que aqui estão bem perto de nós, com a fumaça subindo em nuvens que desaparecem no céu... E os pardais, que saltitam e conversam entre eles como se fossem gente... E os outros telhados, com as outras janelas de vidro, onde de repente aparecem outras cabeças... Olhando por ali me sinto tão alta, tão alta, como se fosse de um outro mundo!

— Ah, eu também quero ver tudo isso! Me suspende...

Sara colocou Lottie sobre a mesa, subiu também, e as duas ficaram olhando pela abertura de vidro. Quem nunca fez isso não pode imaginar como a paisagem aparece diferente, olhada do alto de um telhado. Lottie reparou que a mesma janelinha no telhado da casa ao lado estava fechada e sem luz. Sara explicou:

— É que a casa do lado está vazia. Gostaria que aquele sótão fosse ocupado por outra menina... a janelinha de lá é tão perto desta que poderíamos conversar e fazer visitas pelo telhado, se não tivéssemos medo de cair.

— Sara, olhe o pardal! — gritou Lottie, ao avistar o primeiro pássaro pousando perto.

— Que pena que eu não tenho umas migalhas para jogar... — lamentou Sara.

— Eu tenho! — disse Lottie com um grito de alegria.

A pequena tirou rapidamente do bolso do vestido um pedaço de bolo. Elas atiraram uns bocadinhos ao pássaro, mas o pardal assustou-se e voou, empoleirando-se na chaminé vizinha. Era evidente que ele não estava acostumado a encontrar amigos entre os moradores dos sótãos. Mas como as meninas ficaram imóveis e Sara passou a assoviar imitando o seu piar, o pardal inclinou a cabeça do alto do poleiro e ficou olhando as migalhas com vontade.

— Será que ele vem? — sussurrou Lottie, que mal se continha.

— Acho que sim... — cochichou Sara. — Ele está resolvendo...

Finalmente o pardal voou da chaminé, pousou junto às migalhas e inclinou a cabecinha para o lado, como a investigar se Sara e Lottie não eram dois grandes gatos prestes a lhe saltarem em cima. Logo seu coração de pardal tranquilizou-se, e ele se atirou sobre a maior migalha. Pegou-a rapidamente com o bico e voou de volta para a chaminé. Depois que saboreou lá a primeira migalha, perdeu o medo e voltou trazendo mais dois companheiros. E os três se regalaram. De quando em quando saltitavam e inclinavam as cabecinhas para o lado, examinando as meninas antes de bicarem uma nova migalha.

Lottie estava tão maravilhada que esqueceu completamente a má impressão que o quarto de Sara lhe causara no primeiro momento. Quando saltaram da mesa de volta ao chão, Sara mostrou mais qualidades do seu recanto:

— Meu quarto é tão pequeno e espremido aqui no alto que até parece um ninho numa árvore. E este teto inclinado é divertido: mal posso ficar em pé num dos lados do quarto mas em compensação, mesmo deitada na cama eu vejo o céu por aquela abertura de vidro, lá no alto. Quando amanhece, o céu é um quadrado de luz, e pequenas nuvens flutuam parecendo tão próximas que dão a impressão de que a gente pode tocá-las! Se chove, os pingos batem nos vidros e escorrem, formando desenhos lindos. E nas noites bonitas, tento contar as estrelas que aparecem no meu "pedaço de céu". Mas são tantas!...

Depois, Sara andou em volta do quarto levando Lottie pela mão e fazendo o possível para destacar vantagens que ela própria se esforçava para ver. E Lottie as via realmente, porque acreditava sempre na realidade do que Sara imaginava. Tanto assim que exclamou, a certa altura:

— Ah, Sara, como eu gostaria de morar aqui!

Quando conseguiu que Lottie fosse embora, Sara ficou de pé no meio do quarto, olhando em torno. O encanto se quebrara: a cama era dura, e as cobertas, velhas; a parede esburacada e o assoalho despido eram desoladores; e o tamborete vermelho, cada vez mais capenga. Ela sentou-se nele e pôs a cabeça entre as mãos. O fato de Lottie ter vindo e ter ido embora provocou-lhe uma grande tristeza, talvez pelo mesmo motivo que faz um prisioneiro sentir sua prisão muito mais sombria depois da partida dos visitantes. Naquele momento Sara não conseguia fazer de conta, e o quarto lhe pareceu mesmo um lugar bem triste. Talvez o mais triste do mundo...

Mas logo um ruído leve chamou sua atenção. Se fosse medrosa, ela teria gritado ou saído correndo, pois olhando na direção adequada viu um rato, sentado nas patinhas traseiras, farejando. Algumas migalhas do bolo de Lottie, caídas no assoalho, o haviam atraído para fora do seu buraco no rodapé. Por algum tempo Sara e o animal ficaram imóveis, olhando-se. Sara achou-o curioso como um anãozinho, ou um gnomo cinzento, que olhava para ela como que interrogando-a com seus olhinhos brilhantes. E Sara teve um de seus curiosos pensamentos: "Deve ser um rato... Ninguém gosta de ratos. As pessoas vivem atirando-lhes coisas, correndo atrás deles ou fugindo a gritar que são horríveis. Eu não gostaria que me atirassem coisas ou fugissem de mim gritando que sou horrível... Ser rato é tão diferente de ser pardal! Mas ninguém perguntou a esse rato se ele não preferia ser um pardal..."

Ela permanecera tão quieta que o animal começou a encorajar-se. Talvez, como o pardal, começou a sentir que não havia perigo. E que aquela criaturinha sentada no tamborete não pularia nem soltaria gritos apavorados; nem lançaria sobre ele objetos pesados para machucá-lo ou fazê-lo fugir para o buraco. E estava certo. Pois lembrando-se de que os prisioneiros da Bastilha faziam amizade com os ratos, Sara olhou-o como quem pede que se aproxime.

Talvez exista uma linguagem que não se exprime por palavras mas que é entendida por todos os seres da natureza. Talvez Sara tenha usado essa linguagem naquele momento, e o rato tenha entendido que estava a salvo — apesar de ser um rato —, visto que aquela menina não começava por atacá-lo como a um inimigo detestável. Fosse pelo que fosse, o rato caminhou tranquilamente para uma das migalhas e começou a comer. E, comendo, olhava de quando em quando para Sara, como fizeram os pardais. Comovida, Sara permaneceu sentada sem fazer qualquer movimento. Próximo ao tamborete havia uma migalha bem maior que as outras. O rato acabou de comer o pedaço inicial e, de repente, pulou sobre o bocado perto de Sara. Ela nem se moveu, mas ele, com um impulso semelhante ao do pardal, apoderou-se do alimento, correu na direção de um buraco na parede e desapareceu.

Quando na semana seguinte Ermengarda se arriscou a subir novamente ao sótão, teve que bater várias vezes até Sara abrir a porta. Ermengarda ouvia-a falar com alguém lá dentro, e depois surpreendeu-se por não ver ninguém no quarto.

— Com quem você estava falando?

Sara pediu-lhe silêncio e a fez entrar pé ante pé, com uma expressão divertida. Depois disse:

— Só conto se prometer que não grita nem sai correndo!

— Era com algum fantasma da Bastilha?

— Não — respondeu Sara, rindo —, com o meu rato!

Ermengarda não ouviu mais nada. Pulou para cima da cama e enrolou as pernas com sua manta vermelha. Não gritou, mas ofegava de medo.

— Eu sabia que você ia ter medo... — disse Sara. — Mas não há perigo. Eu o domestiquei, e ele me conhece bem. E gosta de mim. Sai de sua toca quando o chamo. Quer ver?

— Ele não vai sair da toca e... pular em cima da cama?

— Que nada, Ermengarda... Ele é tão bem educado quanto nós. Olhe!

Sara começou a assoviar docemente, repetindo várias vezes uma melodia estranha, que ela mesma inventara. Finalmente apareceu no buraco do rodapé uma cabeça cinzenta e pontuda, com olhinhos brilhantes e espertos. Sara espalhou algumas migalhas até o centro do quarto, e o rato veio atrás, cautelosamente, para comê-las. Havia uma muito maior que as outras, e Sara a apontava, dizendo:

— Pegue esta, Melchisedec, e leve para sua mulher!

Parecendo entendê-la perfeitamente, o rato adiantou-se rápido, abocanhou o pedaço maior e correu para o buraco, desaparecendo na parede. Sara voltou-se para Ermengarda, que assistira a tudo protegida pelo espaldar da cama.

— Viu? Ele leva alimento para a mulher e os filhos. É um bom chefe de família: só come os pedaços menores, levando os maiores para a Senhora Melchisedec e os filhotinhos Melchisedec.

Ermengarda começou a rir, dizendo:

— Sara, você inventa cada uma!...

— Eu sei... Papai também ria de mim, mas gostava das histórias que eu inventava. Não posso me controlar: tenho que inventar histórias porque, se não o fizer, acho que não poderei viver.

Ermengarda desculpou-se, explicando melhor:

— Mas é bom, isso! Só que há momentos em que você parece acreditar mais no que inventou do que nas coisas de verdade. Você fala do rato e o chama por um nome como se ele fosse uma pessoa...

— Mas é! Ele tem fome e tem medo, como nós. Por que ele não pode ter também um pensamento, como nós? Seu olhar parece tanto com o de um ser humano, que eu lhe dei um nome. E tem mais: Melchisedec é um rato da Bastilha, e veio para ser meu companheiro. Sempre consigo trazer um pedaço de pão ou outra coisa da cozinha, e isso é o suficiente para ajudá-lo a viver.

Sempre interessada, Ermengarda perguntou com vivacidade:

— Você continua pensando que mora na Bastilha?

— Tentei imaginar um lugar diferente, mas a Bastilha é o mais próprio. Sobretudo quando faz frio.

Naquele momento, Ermengarda quase se cobriu toda com a manta, pois ouviu outro barulho esquisito: duas pancadas secas numa das paredes.

— O que é isso? — perguntou assustada.

Sara fingiu um tom dramático para responder:

— É a prisioneira da cela vizinha!

Era realmente Becky, e Sara explicou que as duas haviam combinado um código. Duas pancadas na parede significavam: "Prisioneira, você está aí?" A seguir, bateu três pancadas de resposta, e traduziu:

— Isso quer dizer: "Sim, estou aqui e *tudo* vai bem."

Ouviram-se logo quatro pancadas do outro lado, e Sara falou:

— Ouviu? Essas quatro batidas querem dizer: "Então, irmã de infortúnio, durmamos em paz. Boa noite!"

O rosto de Ermengarda transbordava de contentamento.

— Ó, Sara! É como se fosse um conto de fadas!

— Mas é um conto, certamente! — afirmou Sara. — Tudo é um conto: sua vida é um conto, a minha é outro, a de Becky, outro, e até a vida de Miss Minchin é um conto, também!

E as duas conversaram até que Ermengarda lembrou-se de que ela própria também era um prisioneiro fugido de sua cela; e que não podia ficar a noite toda ali, mas devia descer as escadas com cautela e voltar para sua cama abandonada.

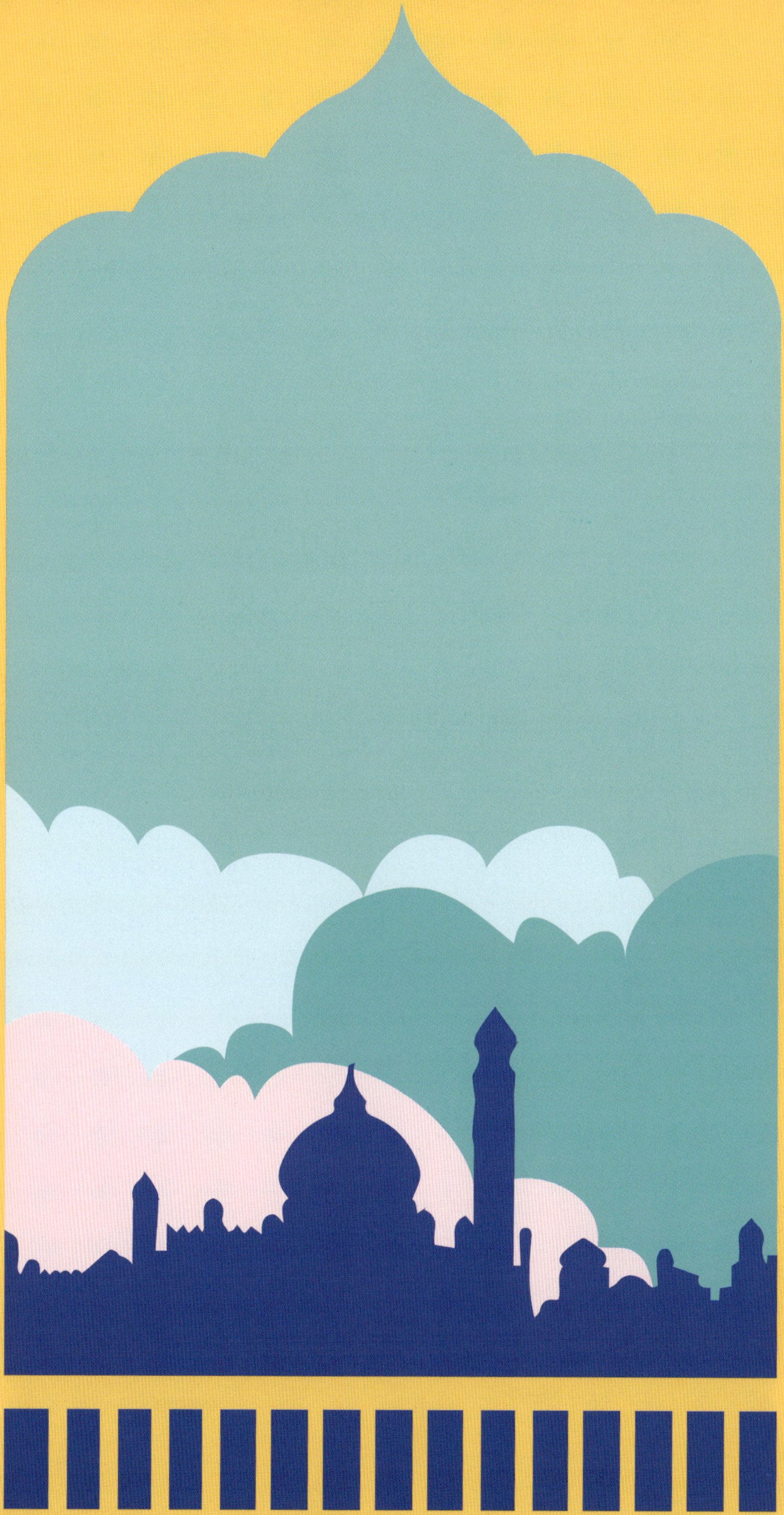

CAPÍTULO 10
O CAVALHEIRO INDIANO

Aquelas expedições de Ermengarda e Lottie ao sótão eram perigosas. Elas nunca tinham certeza de encontrar Sara no quarto, e se arriscavam a serem apanhadas por Miss Amélia ou qualquer outra pessoa que fosse inspecionar os quartos depois das alunas se deitarem. Assim, suas visitas não eram muito frequentes e Sara levava uma vida bem solitária.

Durante o trabalho ela pouco podia conversar com alguém. No colégio, era quase impossível. E se a mandavam à rua, sua solidão aumentava em meio à multidão que passava de um lado para o outro sem tomar conhecimento dela, pobre figurinha magra carregando cestas e pesados embrulhos, com roupa e sapatos encharcados quando chovia. Nas saídas à noite, lançava olhares furtivos para o interior das casas bem iluminadas, e distraía-se a imaginar coisas a respeito das pessoas que avistava lá dentro.

Na praça onde se achava o colégio, moravam várias famílias com quem Sara travara conhecimento à sua maneira. À família que preferia observar ela deu inicialmente um apelido genérico: "A Grande Família". Não porque fosse constituída de pessoas muito grandes, mas porque era bem numerosa. Havia oito crianças na "Grande Família", além de uma mamãe gorda e corada, um papai gordo e corado, e ainda uma vovó igualmente gorda e corada. Simpatizando cada vez mais com a "Grande Família", Sara criou para ela, além do apelido, o sobrenome imaginário de "Montmorency". E a cada criança ela foi dando um nome próprio, que tirava dos livros. A lourinha com touca de rendas ficou sendo Ethel; a mais velha, Violeta; depois vinham Liliane, Rosalinda, Guy, Verônica, Claude; e o menino que ainda mal andava ela batizou de Sidney.

Mas apesar de toda a sua imaginação, Sara não podia supor que seu primeiro contato com os "Montmorency" haveria de marcá-la profundamente. E ele se deu numa tarde em que algumas das crianças da "Grande Família" saíam para uma festa. Sara passava pela sua porta, e parou para apreciar as meninas com belos vestidos de veludo atravessando a calçada para tomar a carruagem. Atrás delas surgiu o menino a quem Sara batizara de Guy, e cujas faces tão coradas e olhos tão azuis ela tanto admirava. Esquecendo sua condição e os próprios trajes pobres, Sara se aproximou um pouco para ver mais de perto aquela bonita e encaracolada cabecinha loura.

Era época de Natal, e naquele tempo costumava-se contar aos pequenos muitas histórias de crianças pobres a quem as pessoas caridosas davam esmolas maiores, para que pudessem comprar algo para as noites frias. Aquele menino acabara de escutar uma história assim, e estava ansioso por encontrar uma criança pobre. Queria dar a alguma delas uma moeda de prata que possuía, e com a qual achava que enriqueceria um mendigo para toda a vida. Quando ia subir na carruagem ele reparou em Sara, que o olhava interessadamente, de pé na calçada, com seu vestido surrado e um velho cesto debaixo do braço. Ela o olhava com tal expressão que ele achou que ela não comia nada bem. Mais que depressa o menino pôs a mão no bolso, tirou a moeda e ofereceu-a a Sara, dizendo bondosamente:

— Tome, pobre menina. É sua!

Sara saiu do encantamento em que o olhava, compreendeu logo tudo: ela agora parecia exatamente com as crianças pobres que vira tantas vezes nos seus dias de prosperidade, admirando-a subir ou descer da sua carruagem. Muitas vezes ela também dera dinheiro àquelas crianças. No primeiro instante, Sara corou; depois, empalideceu. Durante um momento, não soube o que fazer. Logo a seguir exclamou, perturbada:

— Ah, não! Não, obrigada, eu não posso aceitar!

O menino insistiu:

— Aceite, sim. Você poderá comprar alguma coisa para comer.

A frase foi dita com tanto carinho e sinceridade que Sara, embora chocada, sentiu que seria uma decepção para o menino se ela recusasse. Tinha que aceitar para não magoá-lo. Ela dominou seu orgulho, mas suas faces ficaram vermelhas de vergonha quando estendeu a mão e disse:

— Obrigada. Você é um bom menino.

E enquanto ele subia na carruagem ela se afastou, esforçando-se para não chorar ali mesmo. Sabia que estava pobremente vestida, mas nunca imaginara que seu aspecto ia ao ponto de a confundirem com uma mendiga.

Na carruagem da "Grande Família", as crianças estavam agitadíssimas. A mais velha repreendeu Donald — pois era esse o verdadeiro nome do menino que Sara batizara de Guy — pelo que acabara de fazer:

— Por que deu a moeda para aquela menina, Donald? Tenho certeza de que ela não é uma mendiga! Não falava como mendiga, nem tinha modos de mendiga...

Outra das irmãs acrescentou:

— É sim... Uma mendiga teria dito: "Obrigada, meu pequeno senhor!" E teria até feito uma reverência.

Sara não sabia, mas a partir daquele momento os membros da "Grande Família" passaram a se interessar por ela, tanto quanto ela se interessava por eles. Os rostos das crianças apareciam nas janelas assim que ela passava, e muitas vezes os irmãos discutiam sobre ela, nas conversas junto à lareira. E também lhe deram um apelido, só que muito longo: "A Menina Que Não Era Mendiga". Embora comprido, ficava até gracioso dito com a bondade com que o faziam todos da "Grande Família".

Com algum esforço, Sara conseguiu fazer mais tarde um buraco no meio da moeda. Enfiou uma fita e pendurou-a no pescoço. Sua afeição pela "Grande Família" aumentava, assim como gostava cada vez mais de Becky. E aguardava com interesse os dois dias da semana em que dava aula de francês às pequenas. Os pardais tornaram-se tão seus amigos que, mal a menina punha a cabeça para fora da abertura do telhado, eles apareciam, num bater de asas, para conversar com ela e bicar as migalhas que distribuía. Também com Melchisedec a amizade aumentava, nos diálogos travados à noite, antes de dormir.

Quanto a Emily, um estranho sentimento crescera no espírito de Sara, nascido num momento de desespero. Ela sempre fizera tudo para crer que Emily a compreendia e simpatizava com ela. E justificava o fato de a boneca nunca lhe responder com o seguinte raciocínio: "Eu também não respondo, muitas vezes... Principalmente quando alguém me insulta, a melhor coisa é não responder, e só pensar. Quando você não se deixa levar pelo impulso de responder, as pessoas veem que você é mais forte do que elas, porque é capaz de conter sua raiva. E elas não o são, e dizem coisas das quais se arrependem logo depois... Não há nada mais forte do que um impulso de raiva, a não ser o outro impulso que faz você capaz de conter aquela raiva. Não há nada melhor do que você ser capaz de *não responder* aos seus inimigos. E talvez Emily seja mais forte do que eu, e não goste de responder nem aos amigos, guardando no fundo do coração o que pensa." Embora raciocinando assim, certa noite em que chegou ao seu miserável quarto com fome e frio, Sara tinha o coração agitado. E o olhar de Emily pareceu-lhe então insensível, e sua figura, totalmente vazia de vida e de expressão. Ela só tinha Emily no mundo, e lá estava a boneca inerte, totalmente alheia aos seus padecimentos. Sara não conseguiu se dominar:

— Não posso mais! Tenho frio, sofro, tenho fome!... Andei o dia todo para lá e para cá, sem parar de ouvir reprimendas. E por não ter feito uma compra direito, Emily, me privaram do jantar! Na rua, uns homens riram de mim quando meus sapatos velhos me fizeram cair na lama. Como eles riam... Está me ouvindo, Emily?

Emily olhava à distância, com seus olhos parados. Sara fixou o olhar de vidro da boneca, sua expressão indiferente, e uma revolta desesperada apoderou-se dela. Pegou a boneca com força e atirou-a longe, enquanto explodia em soluços. A pequena princesa, que não chorava nunca!...

— Você é somente uma boneca! Nada mais que uma boneca insensível, que não liga para nada... — dizia Sara entre as lágrimas, numa mistura de acusação e queixa: — Você é só de massa, e não tem coração!

E Sara chorou muito, enquanto olhava Emily estatelada no chão com as pernas dobradas para trás e o nariz achatado, mas calma e digna como sempre. Passado o primeiro desabafo, Sara escondeu o rosto nas mãos. Ela, que se dominava sempre, admirou-se de ter perdido a calma a tal ponto. Olhou novamente para Emily e foi buscá-la, cheia de remorsos. Pegou-a do chão, trouxe-a para a cama e a observou longamente. Chegou a imaginar um pouco de simpatia no rosto da boneca de narizinho amassado. Esboçou um sorriso, arrependida, e disse com um suspiro resignado:

— Você não pode deixar de ser uma boneca, assim como Lavínia e Jessie não podem deixar de ser bobas e frívolas. Nós não somos todas iguais. Talvez você cumpra bem o seu papel de boneca, Emily.

Depois de dar-lhe um beijo, tentou desamassar o narizinho da boneca, desamarrotou seu vestido e colocou-a sentada no tamborete.

Sara desejava muito que a casa vizinha tivesse moradores. Imaginava que, com as duas janelas dos telhados tão próximas, seria agradável ver surgir na outra vidraça um rosto simpático. E mais agradável ainda poder travar relações e conversar com quem viesse viver no sótão da casa ao lado. E seu desejo acabou se realizando. Ao voltar das cansativas compras certa manhã, Sara parou, surpresa, na calçada. Um grande caminhão estava parado em frente à casa vizinha, para onde alguns homens em mangas de camisa transportavam vários móveis e caixotes de viagem.

— Enfim, está alugada! — exclamou Sara para si mesma. — Que bom!

E a alegria de Sara aumentou ao observar o tipo de móveis e objetos que os homens carregavam: ela só vira coisas semelhantes na Índia! Tudo era bonito e rico, e vinha realmente da Índia. Magníficos tapetes, lindas mesas esculpidas e até biombos cobertos de figuras orientais iam saindo do caminhão para a casa. Entre vários objetos de arte, Sara viu carregarem um pesado Buda dourado. E sentiu certa nostalgia, pois eram móveis e objetos do mesmo estilo daqueles entre os quais passara a fase mais feliz de sua infância ao lado do pai, antes de vir para o colégio de Miss Minchin. Sara deduziu que a família que chegava devia ter viajado pela Índia, e gostado muito das coisas de lá. E esse pensamento dissipou-lhe a nostalgia, dando-lhe a impressão de que teria amigos por perto, ainda que não chegasse a ver a cabeça de nenhum deles aparecer na vidraça do telhado. Pois estava certa de que o quarto do sótão só seria ocupado pela criadagem.

Outro fato logo tornou a novidade mais interessante ainda: o pai da "Grande Família" — que morava bem em frente à casa agora ocupada — atravessou a praça rapidamente, subiu os poucos degraus da porta de entrada e penetrou na casa como se fosse a sua própria residência! Ficou lá dentro pouco tempo e logo saiu dando ordens aos trabalhadores, como se aquilo tudo lhe pertencesse. Certamente era parente ou amigo dos novos moradores e ajudava-os antes mesmo que chegassem.

À noite, Becky veio à cela da sua companheira de Bastilha contar as novidades:

— É um senhor da Índia que veio morar aí ao lado, senhorita! O pai da "Grande Família" é procurador dele. Deve ser mesmo indiano, e é muito rico! Mas teve muitos desgostos e ficou doente. Agora vive cheio de médicos e de pensamentos tristes. Ah, sabe? É um pagão, um desses homens que adora as estátuas e se inclina diante delas!

Lembrando-se da estátua do Buda que vira entrar, Sara sorriu.

— Não deve ser, não, Becky... Há pessoas que têm um Buda apenas como adorno ou lembrança da Índia. Meu pai tinha um, lindo, e não o adorava.

Mas Becky preferia que o vizinho fosse pagão, pois isso seria mais sensacional do que se ele fosse uma pessoa comum, que vai à igreja todos os domingos. E as duas conversaram até tarde, imaginando como seria o futuro vizinho, sua mulher, seus filhos e criados.

Só muitos dias depois é que souberam que o vizinho não tinha mulher nem filhos; e que era sozinho na vida, doente e infeliz. Porque ele só chegou na semana seguinte, num carro puxado por belos cavalos. O pai da "Grande Família" vinha junto, e foi o primeiro a saltar, seguido de um enfermeiro uniformizado. Os dois ajudaram o novo morador a descer do carro. Era um homem arqueado e pálido, e foi amparado que andou até a casa. Um médico chegou logo depois, noutro carro.

Durante a lição de francês daquele dia, Lottie disse baixinho a Sara:

— Tem morador novo na casa do lado. Seu rosto é tão amarelo... Você acha que ele é chinês? Meu livro de geografia diz que os chineses são amarelos.

— Não, ele não é chinês — respondeu Sara. — Está é muito doente. Continue o exercício, Lottie. Agora é hora de estudar!

E assim começou a história do cavalheiro indiano da casa ao lado.

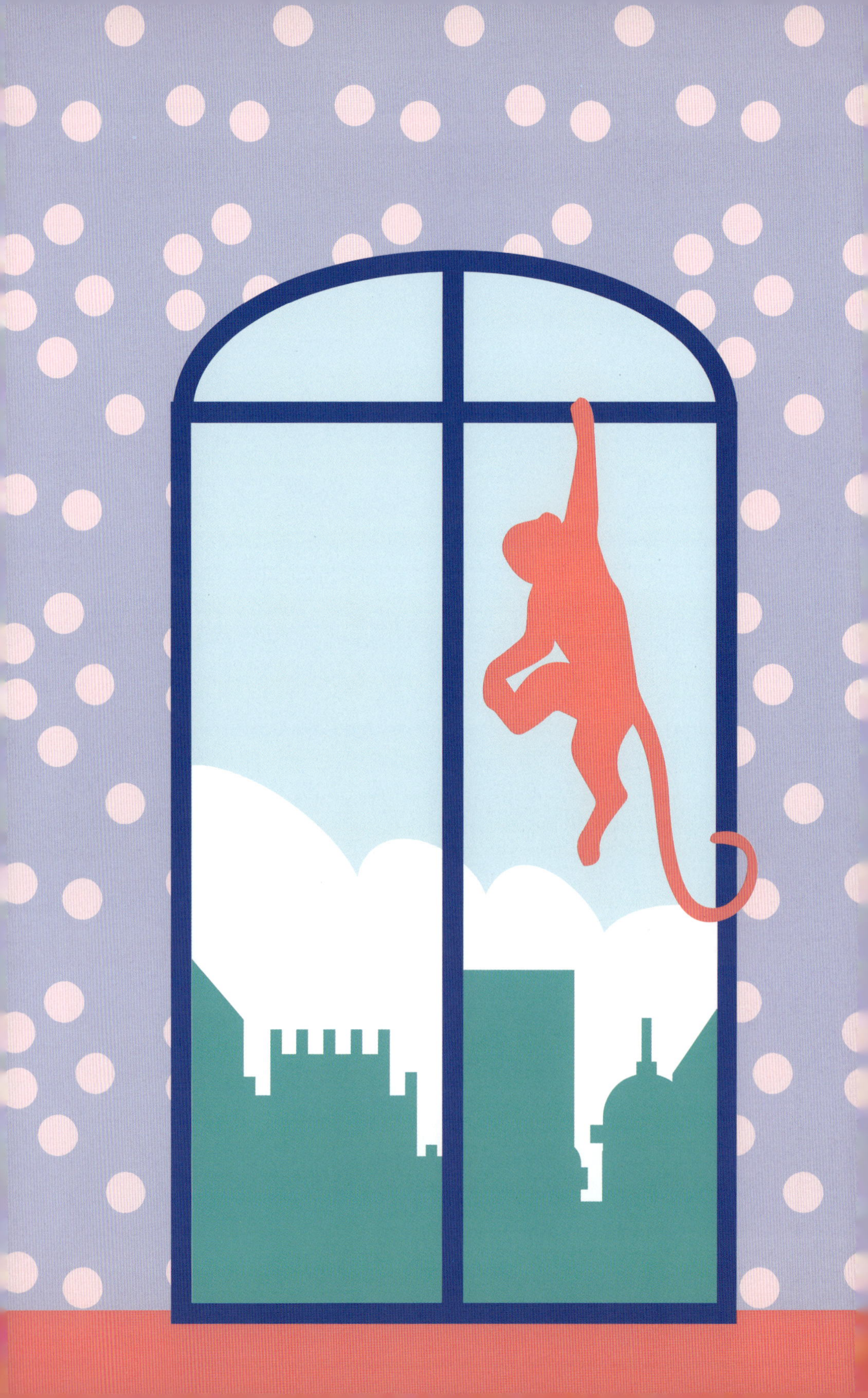

CAPÍTULO 11
RAM DASS

Alguns dias depois da chegada do novo vizinho, o trabalho da tarde terminou mais cedo na cozinha e, por milagre, ninguém mandou Sara fazer outro serviço até a noite. Ela aproveitou para dar uma escapada até seu quarto. Lá chegando, trepou na mesa e ficou olhando pela vidraça. Era raro ela poder estar ali àquela hora, e, para maior alegria sua, havia um belíssimo pôr do sol. As nuvens estavam douradas, flutuando no alto. Embora empolgada pela beleza da cena, Sara não deixou de perceber que estava inquieta, como que à espera de um grande acontecimento.

E logo sua atenção foi desviada da paisagem. Bem próximo dela, um barulho esquisito, uma misturada de vozes e gritos agudos, quase a assustou. Ainda mais que vinha da casa ao lado. Logo a seguir, ela percebeu que já não era a única pessoa a apreciar o anoitecer: uma cabeça e largos ombros apareceram no quadrado de vidro do telhado vizinho. E não se tratava de uma menina nem de qualquer empregada, mas de um moço indiano todo de branco e com a cabeça coberta por um turbante alvíssimo. Seus olhos brilhavam no rosto bronzeado.

— Um "lascar"! — exclamou Sara com enorme surpresa.

Outra surpresa de Sara foi ao perceber de quem partiam os tais gritinhos que acabara de ouvir: eram de um macaquinho que pulou nas costas do rapaz e ficou passando de um para o outro ombro dele, agitado. Mas o que mais chamou a atenção de Sara foi a expressão de tristeza no olhar do rapaz. Ela o olhou com interesse por um instante, e deu um sorriso. Sara sabia o valor de um sorriso, e o rapaz o apreciou realmente. E retribuiu-lhe com outro sorriso, mostrando uns dentes tão brancos que pareciam iluminar-lhe o rosto moreno de onde a tristeza desaparecia.

Talvez aproveitando a distração do rapaz, o macaquinho pulou para o telhado, sempre agitado, e novamente soltando guinchos que pareciam gritinhos. Correu pela calha e pulou no ombro da menina, entrando rapidamente em seu quarto. Sara estava encantada! Lembrou-se logo de algumas palavras indianas e usou-as para perguntar ao novo vizinho:

— Posso tentar pegá-lo?

Surpresa e satisfação brotaram juntas no rosto do "lascar" ao ouvir falarem sua língua materna. E Sara viu logo que ele estava habituado às crianças europeias, pois agradeceu com respeito e explicou que o macaquinho não se deixaria pegar facilmente. E completou:

— Se a senhorita permite, Ram Dass vai buscá-lo.

Sara concordou logo, mas perguntou, inquieta:

— Poderá atravessar o telhado?

— Em um segundo! — respondeu Ram Dass.

Realmente, Ram Dass passou de uma casa à outra com incrível rapidez, andando pela calha do telhado como se tivesse feito isso toda a sua vida. E, noutra prova de habilidade, pulou para dentro do quarto de Sara sem barulho nenhum, e com a agilidade de um acrobata de circo. A seguir, cumprimentou a menina respeitosamente, à maneira típica de sua terra. Fechando o postigo de vidro, Ram Dass outra vez mostrou-se ágil, capturando o macaquinho com facilidade. Prendeu-o com uma corrente à sua cintura, e desmanchou-se em agradecimentos a Sara. Ela notou que, num rápido olhar, ele se apercebera da miséria do seu quarto. E por isso, embora mantendo-se amável, procurou portar-se com toda a dignidade, como se fosse a filha de um rajá. Depois de inclinar-se novamente, Ram Dass voltou com o macaco à outra casa, com tanta agilidade quanto ela vira no próprio animal.

A sós no quarto, Sara ficou evocando as lembranças que as maneiras e a roupa do indiano lhe despertaram. Quantas lembranças! E como lhe parecia estranho tudo aquilo... A pequena agora miserável, a quem uma hora atrás a cozinheira dirigia desaforos, anos antes fora rodeada de pessoas que a tratavam como Ram Dass acabara de fazê-lo! Mas tudo isso já não era mais que um sonho desfeito para sempre, embora parecesse incrível que tal mudança pudesse ter acontecido em sua vida.

Porque ela sabia muito bem o futuro que Miss Minchin lhe reservava. Enquanto não tivesse idade para professora, continuaria a fazer aqueles serviços, e às ordens de todas no colégio. E se quisesse chegar a professora para libertar-se do resto, teria que dedicar grande parte da noite aos estudos, que fazia mesmo cansada e sozinha. Porque, embora sem regularidade, era submetida a interrogatórios pela diretora ou por Miss Amélia, que verificavam seus progressos sob pena de severas repreensões e até castigos, se suas respostas não fossem satisfatórias. Mas valia a pena tal esforço, pois em alguns anos mais talvez chegasse mesmo à condição de professora. E, ao menos, teriam que dar-lhe roupas melhores e poupá-la dos demais trabalhos, tão pesados.

Depois de se deixar absorver alguns minutos por esses pensamentos, Sara confirmou sua característica de encarar as coisas sempre pelo lado positivo. Endireitou o corpo jovem e tão magrinho, e levantou a cabeça dizendo a si mesma:

— Aconteça o que acontecer, há uma coisa que ninguém me poderá tirar: mesmo em farrapos, serei sempre uma princesa! Não serei princesa por possuir belos trajes dourados, nem qualquer fortuna, mas por ter um coração bom e nobre. E terei até mais mérito!

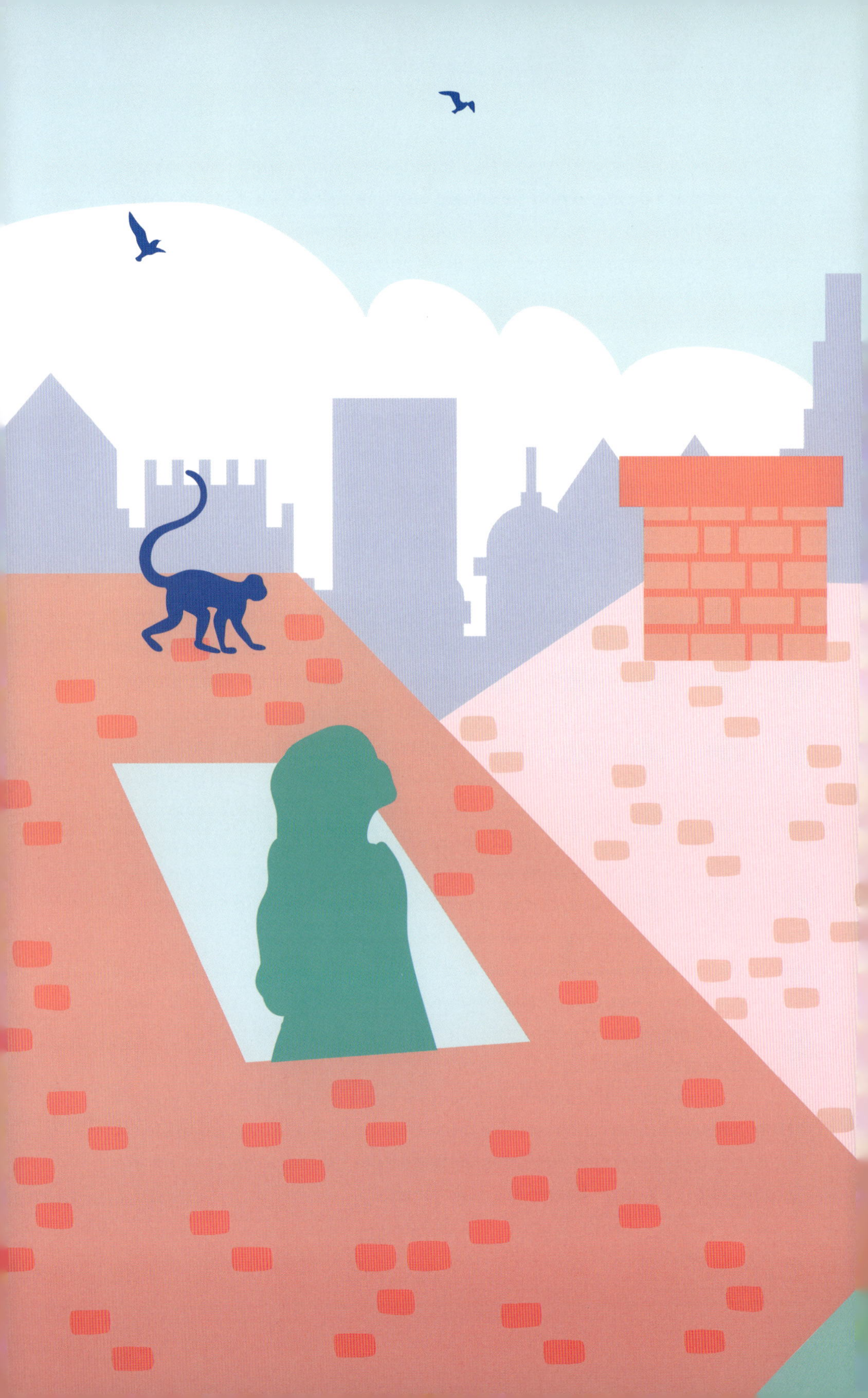

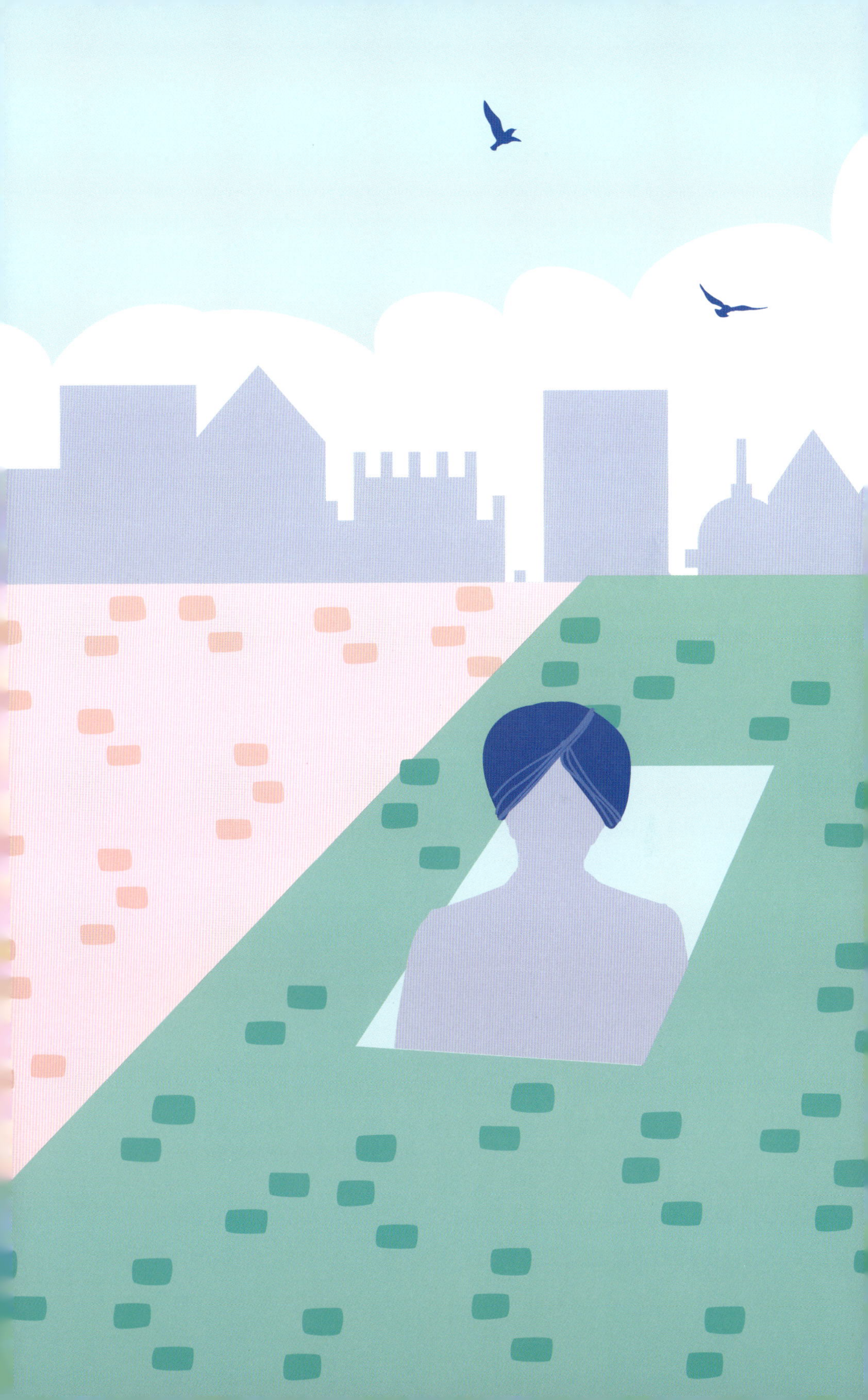

E a solitária menina justificou a sua determinação lembrando que quando Maria Antonieta estava encarcerada, depois que seu trono desmoronara, não possuía mais que um pobre vestido preto. Seus cabelos ficaram brancos e a ex-rainha era insultada e maltratada. Mas não seria ela, nessa ocasião, mais rainha do que quando era o centro de todas as festas? Pensamentos como esse não eram novos para Sara, e já a haviam animado em outras horas difíceis. Eles davam à sua fisionomia uma expressão que Miss Minchin não conseguia decifrar, e que até a exasperava.

Foi exatamente o que aconteceu na manhã do dia seguinte. Sara terminava a aula de francês de suas pequenas alunas. Guardando os livros, sentou-se por um instante e pôs-se a pensar nos contratempos que aconteceram a certas pessoas da realeza que foram obrigadas a viver disfarçadas. Por exemplo: Alfredo, o Grande, deixou queimar uns bolos que assava e levou uma bofetada da mulher do patrão. Que pavor tardio não sentiu a tal mulher quando, mais tarde, descobriu em quem batera! Se algum dia Miss Minchin descobrisse que ela, Sara, com toda a sua atual pobreza, era uma princesa disfarçada...

Nesse devaneio, seu rosto tomou a expressão que a diretora tanto detestava ver. E aconteceu que, por estar parada, divagando, naquele exato momento Miss Minchin a observava atentamente. E não conseguiu se dominar: avançou para Sara e deu-lhe uma bofetada. Exatamente como acontecera com Alfredo, o Grande! Sara estremeceu com a pancada, e seu sonho terminou bruscamente. Ela ficou estática, sem saber o que fazer. Mas, para surpresa de todas, apenas sorriu.

— Por que está rindo, "sua" atrevida? — perguntou a diretora.

Sara sentiu que precisava esforçar-se muito para conseguir se dominar e lembrar-se de que era uma princesa. Pois à dor da bofetada juntava-se a nova ofensa, e sua face ardia pelo tapa e pela raiva da nova grosseria. Mas conseguiu se controlar, e respondeu apenas:

— Eu estava refletindo.

— Como? Pois peça desculpas, imediatamente!

Depois de leve hesitação, Sara falou com superioridade:

— Peço desculpas por ter rido, que é indelicado. Mas não peço desculpas por ter refletido.

— E em que estava refletindo? Em que você *ousa* refletir?

Todas as alunas escutavam, atentas; Lavínia e Jessie se cutucavam, ansiosas pelo desfecho da cena. Todas se interessavam vivamente quando Miss Minchin brigava com Sara, principalmente porque esta tinha respostas inesperadas e jamais se mostrava amedrontada com a diretora. Ainda dessa vez ela manteve a calma, apesar de seu rosto estar vermelhíssimo e seus olhos brilharem como duas estrelas, quando completou com toda dignidade:

— Eu refletia que a senhora não sabia o que estava fazendo.

— Como não sabia o que estava fazendo? — repetiu a diretora, sufocada.

— Porque eu me pergunto o que aconteceria se a senhora soubesse que sou realmente uma princesa. Será que ousaria ainda me esbofetear pelo que eu pudesse dizer, pensar ou sorrir? E se me esbofeteasse, imagino qual seria o seu pavor quando descobrisse que...

Nesse instante Sara viu confirmar-se o que supunha: sua atitude impressionava e perturbava a própria Miss Minchin. Aquele espírito mesquinho e sem grandeza esbarrava na firmeza de ânimo de uma pequena infeliz. Porque a diretora cortou-a, gritando descontrolada:

— Quando eu descobrisse *o quê*?

— Que eu sou mesmo uma princesa, e que posso fazer e pensar tudo o que quero... Tudo o que quero!

As alunas arregalaram os olhos e se entreolharam, pasmas. Lavínia inclinou-se para a frente, para ver melhor. Miss Minchin exclamou, furiosa:

— Suba para o seu quarto, imediatamente! E vocês outras, estudem!

Mas Sara não saiu sem despedir-se:

— Peço desculpas pelo meu sorriso. Não foi delicado. Mas não pelo meu pensamento!

E só então saiu da sala, deixando Miss Minchin encolerizada, e as alunas cochichando vivamente por trás dos livros. E Jessie comentou, espantada, com Lavínia:

— Você viu que ousadia? Não me espantarei nada se algum dia descobrirem que ela é mesmo alguém!...

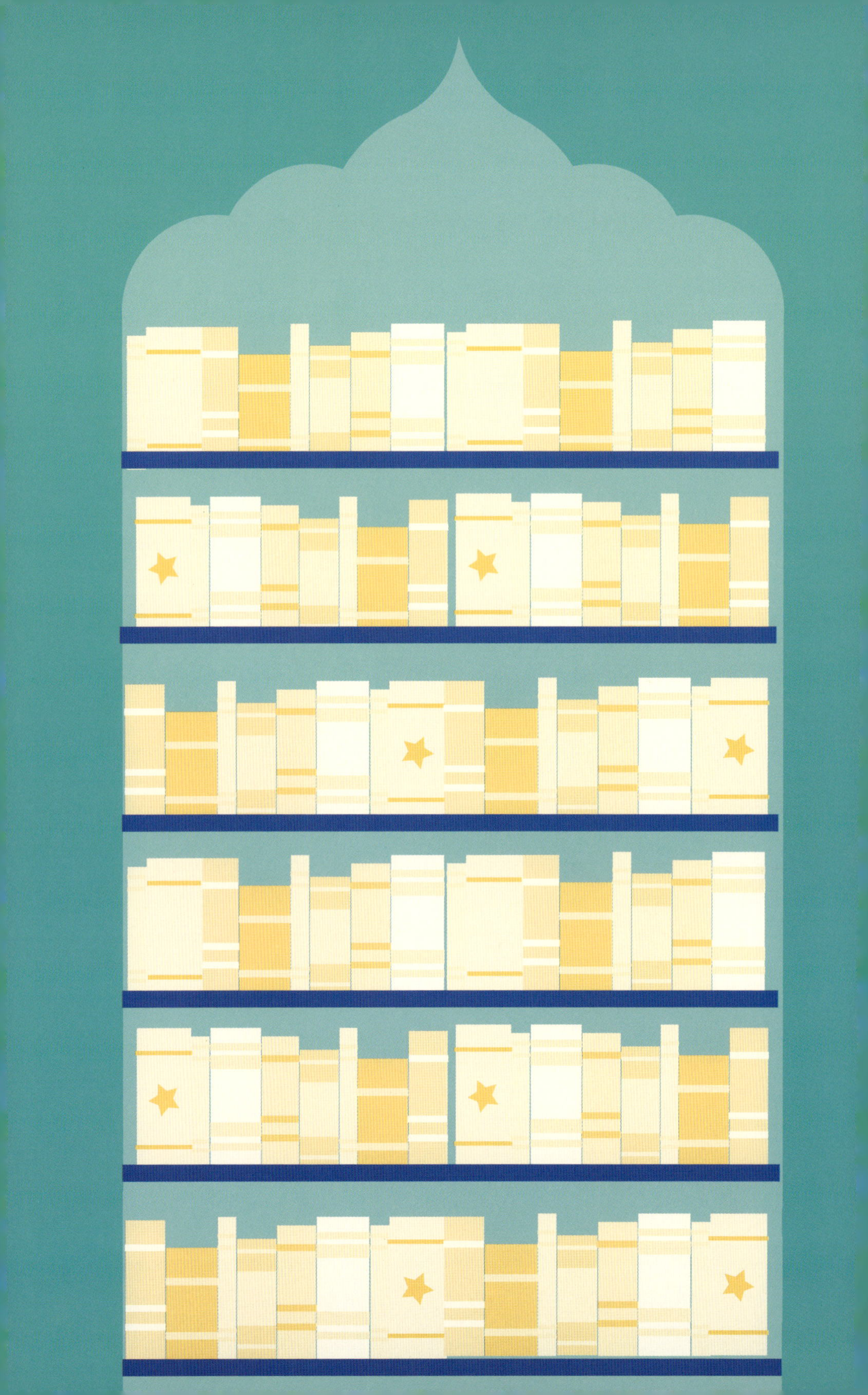

CAPÍTULO 12
O OUTRO LADO DA PAREDE

Quando se mora numa rua onde todas as casas são juntas, é interessante imaginar-se o que fazem ou dizem os que moram ao lado. Sara divertia-se muitas vezes imaginando o que se passava do outro lado da parede que separava o internato da casa do cavalheiro chegado da Índia. Ela sabia que a sala de aula era ao lado da biblioteca do novo vizinho, e esperava que a parede fosse bastante espessa para que o barulho que faziam depois das aulas não o perturbasse.

Sara simpatizava com a "Grande Família" do outro lado da rua porque eles eram felizes; e simpatizava mais ainda com o senhor da casa ao lado, porque o sabia infeliz. Percebia-se que tivera alguma doença grave, da qual ainda não estava curado. Na cozinha do internato, onde as empregadas sabiam de tudo por meios misteriosos, afirmava-se que ele não nascera na Índia; era um inglês que lá vivera muitos anos, e lá tivera muitos sofrimentos e desgostos. Sua fortuna fora tão abalada que ele chegara a julgar-se arruinado e desonrado para sempre. O golpe fora tão rude que adoeceu com uma terrível febre cerebral que quase o matou. E apesar de mais tarde ter regularizado seus negócios e recuperado seus bens, sua saúde ficara fortemente prejudicada. E agora faziam tudo para que se recuperasse. Seus aborrecimentos tinham começado num negócio de minas.

— E minas de diamantes, imagine! — comentou a cozinheira, completando a seguir com um olhar debochado para Sara: — Eu nunca poria minha fortuna em minas de diamantes!...

Sara fingiu não perceber a intenção da outra, e disse apenas:

— Ele teve os mesmos sofrimentos e os mesmos reveses que meu pai. Só que, embora também doente, felizmente não morreu e recuperou o que tinha.

Sabedora de que o vizinho sofrera coisas tão parecidas com as que passara seu pai, Sara sentiu muito mais simpatia por ele. E, secretamente, promoveu-o à categoria de "melhor amigo". Na verdade aquele homem doente a atraía tanto que, quando a mandavam à rua de noite, ela ficava feliz por poder dar uma olhadela de passagem através das cortinas entreabertas e vê-lo junto à lareira, coberto de agasalhos e com os olhos fixados melancolicamente nas chamas. Quando não havia gente por perto ela parava, apoiava-se nas grades da casa e lhe desejava boa noite, como se ele pudesse ouvi-la. Na sua fantasia, ela achava que talvez ele pudesse *sentir* mesmo sem ouvir. Ou que talvez os seus bons sentimentos pudessem alcançá-lo mesmo através das paredes, janelas e cortinas, fazendo-o sentir-se mais confortado e esperançoso de curar-se e voltar a ser feliz. Pois achava que ele, além dos desgostos do passado, ainda tinha graves preocupações. E dizia para si mesma:

— Se ele recuperou a fortuna e sabe que há de curar a febre, não era para ficar assim tão melancólico... No entanto, parece estar sempre pensando em alguma coisa muito séria, que o perturba até hoje!

Cada dia Sara ficava mais convencida de que realmente existia algum outro problema na vida do vizinho, alguma coisa que as criadas não tinham ainda descoberto. E que o pai da "Grande Família" devia saber o que era, porque ia visitá-lo sempre; muitas vezes sozinho, outras com a esposa e os filhos. Quase todas as tardes as crianças da "Grande Família" iam visitar o senhor doente. E nas suas olhadelas de passagem Sara percebia que as crianças se esforçavam para diverti-lo um pouco, embora o fizessem com certa cerimônia e um comportamento adequado a quem visita um enfermo. E ela bem que desejou poder estar lá dentro também, para alegrar o pobre homem solitário.

O que Sara não sabia era que embora nunca a tivessem visto olhando pela janela nem soubessem de seu interesse pelo doente, ela própria já fora muitas vezes assunto das conversas da "Grande Família" com o vizinho.

Primeiro, porque Ram Dass já contara ao patrão a aventura da fuga do macaco pelo telhado, fazendo uma descrição completa do sótão da menina, e da sua miséria e solidão. E o homem se impressionou bastante com os detalhes das paredes esburacadas, da lareira sem carvão ou lenha e da cama dura e estreita. Em segundo lugar porque, ao ouvirem a história da fuga do macaco, as crianças da "Grande Família" contaram também o episódio da moeda, no encontro com a "Menina Que Não Era Mendiga". E, em terceiro lugar, por um motivo muito mais sério. O nome do novo vizinho era Carrisford; e o pai da "Grande Família" — a quem Sara dera o sobrenome de Montmorency — chamava-se na realidade Carmichael. E certa tarde em que falavam de Sara, o Sr. Carrisford perguntou ao seu procurador:

— Meu caro Carmichael: quantos sótãos nesta praça são iguais ao dessa menina, e quantas pobres jovens empregadas moram miseravelmente neles? Eu tenho me perguntado isso todas as noites, enquanto me reviro na cama, atormentado por estar gozando uma fortuna que, na verdade, não é só minha...

O outro só soube responder:

— Quanto menos se atormentar com isso, melhor para sua saúde.

Mas o Sr. Carrisford continuou perguntando:

— Você acredita que a pobre criança em quem estou sempre pensando... e que você terá que descobrir para mim... possa estar vivendo miseravelmente como essa que mora no colégio ao lado?

O Sr. Carmichael olhou-o, inquieto, pois nada era mais funesto para a saúde e o repouso do amigo do que aquela ideia que realmente o torturava. E disse, sem saber o quanto estava errado:

— Fique tranquilo. A menina que julgo ser a que procura estava num pensionato em Paris: o colégio de Madame Pascal. Pelas informações que hoje recebi por carta do marido dessa professora, a tal menina foi adotada por uma família rica, de cuja filha única era muito amiga. E hoje, certamente, vive muito bem, pois trata-se de gente abastada, que a adotou como filha.

O Sr. Carrisford não pareceu satisfeito com essas revelações:

— E nesse colégio parisiense não sabem informar para onde levaram a criança?

— Infelizmente não… — prosseguiu o pai da "Grande Família". — Provavelmente os donos do colégio, egoístas e frios, ficaram muitos felizes de se verem livres da aluna órfã, cujo pai morrera sem recursos. E não se preocuparam de manter contato com os pais adotivos, que viajaram a seguir. Nesse sentido, o Sr. Pascal informa apenas: os que a adotaram eram russos e, provavelmente, voltaram para sua terra.

Insistindo nos detalhes, o Sr. Carrisford foi além nas suas dúvidas:

— Você disse "a menina que *julgo* ser a que procura"… Não temos certeza de que seja essa adotada pelos russos. O nome não era idêntico.

— Realmente. O Sr. Pascal escreveu "Carew", e não "Crewe". Mas já sabemos que os franceses pronunciam mal nossa língua; talvez que a diretora daquele colégio, pronunciando "Crewe" erradamente, tenha levado o marido a escrever-nos o nome errado também… Mas, fora esse detalhe, tudo mais coincide com a menina que o senhor procura: o pai era um oficial inglês, servia na Índia e pôs a filha no colégio porque a mãe, que era francesa, morreu muito cedo. E o próprio pai morreu logo depois, arruinado.

Após revelar tantas coincidências com o caso de Sara, o Sr. Carmichael parou um momento, como se uma nova ideia só agora lhe surgisse na mente:

— Diga-me, Carrisford: tem certeza de que seu antigo sócio internou a filha num colégio de Paris?

— Meu amigo — respondeu o Sr. Carrisford com desânimo —, eu não tenho certeza de nada... Nunca vi a criança nem a mãe. Meu sócio e eu éramos amigos de infância, mas tínhamos nos afastado. Quando o encontrei na Índia, a filha já estava internada. Eu só pensava nas minas, e Ralph Crewe associou-se ao meu entusiasmo e ao negócio, que parecia tão maravilhoso que ambos perdemos a cabeça. Quando nos encontrávamos, não tínhamos outro assunto! Pode ser que ele tenha alguma vez me falado do colégio da filha, mas a febre que me atacou depois me fez perder a memória de muitas coisas. Tudo que consigo lembrar é que a menina estava num colégio, em algum lugar... Um dos meus tormentos é o esforço que faço para me lembrar de algum outro dado que me leve a encontrá-la!

— Mas tem alguma razão para supor que o colégio era em Paris? — perguntou o outro, intrigado.

— Nada de concreto. É apenas uma dedução minha. A mãe era francesa; e consegui lembrar-me de que o pai, uma vez, comentou que ela, antes de morrer, pediu que a filha fosse educada em Paris...

O Sr. Carmichael não pôde esconder seu desânimo por indício tão vago:

— Sim, é possível...

O doente inclinou-se para a frente, e bateu na mesa com súbito vigor:

— Carmichael: eu preciso encontrá-la! Se está viva, mora em algum lugar. Se não tem amigos e não tem dinheiro, a culpa é minha! Com tal peso no coração, como poderei recuperar ânimo e saúde? Eu não tive coragem de suportar os problemas quando tudo ia mal, e fugi como um bandido, um ladrão, para não ter que confessar ao meu amigo que o arruinara com falsas ilusões. Mas a sorte mudou, e as minas realizaram nossos sonhos fantásticos. E a filha do meu pobre amigo, hoje morto, talvez ande pedindo esmola!

— Fique tranquilo, e console-se pensando que, quando a encontrar, terá uma fortuna para lhe entregar... — ponderou o Sr. Carmichael. E, colocando a mão no ombro do outro num gesto de encorajamento: — Você fugiu porque seu cérebro estava torturado pela falência; e, quem sabe, já atingido pela febre? A enfermidade que vitimou os dois é tão forte que matou o seu sócio. E você foi levado para o hospital completamente inconsciente. Lembre-se disso, e acalme-se.

O outro deixou cair o rosto entre as mãos, exclamando:

— Meu Deus! Sim, eu estava quase louco, de angústia e de remorsos de ter levado meu amigo à ruína. Tanto que não pude sequer enfrentar o meu sócio.

— Isso explica tudo que aconteceu. Como lhe seria possível, já contaminado por uma febre cerebral, julgar e agir com exatidão?

Mas o Sr. Carrisford balançava a cabeça, desanimado:

— E quando voltei à consciência, o pobre Crewe já tinha sido sepultado... E eu não me lembrava de quase nada do passado. Só com muito esforço e muito tempo fui conseguindo rememorar os fatos. E, sobre a menina, só me lembro de coisas tão vagas... Nem seu nome eu sei, pois Crewe quase só se referia a ela com apelidos delicados como "minha fadinha", e coisas assim. E se me falou do tal colégio, não consigo lembrar, por mais que me esforce. E talvez não lembre nunca...

— Vamos, vamos... — disse o Sr. Carmichael. — Acabaremos por encontrá-la! O Sr. Pascal informa que os tais russos devem ter ido para Moscou. Pois, se quiser, eu irei a Moscou descobrir seu paradeiro.

Os olhos do outro se iluminaram:

— Vá, Carmichael, vá sim! Se eu estivesse em estado de viajar, iria também. Mas tenho que ficar aqui, inerte, olhando o fogo da lareira, em cujas chamas creio ver o rosto de Crewe que me olha e me acusa! Eu o vejo até nos sonhos, fazendo sempre a mesma pergunta: "Carrisford, onde está a 'minha fadinha'?..."

E, segurando a mão do amigo com ansiedade, desabafou:

— É preciso que eu possa responder isso a Ralph Crewe! É preciso. Ajude-me a encontrar a menina, Carmichael. Ajude-me!

Enquanto esse diálogo tão dramático acontecia, por uma atroz ironia do destino, Sara estava do outro lado da parede. Sentada no tamborete desconjuntado, ela conversava com Melchisedec que viera buscar a refeição da noite:

— Não é fácil ser uma princesa hoje em dia, sabe, Melchisedec? É mais difícil do que parecia antigamente. Quanto mais frio faz, mais as ruas ficam lamacentas; e mais provas sofre a minha paciência, mais força de vontade é preciso para a gente não se deixar vencer. Olhe: quando Lavínia hoje ridicularizou meu vestido enlameado, me veio logo à cabeça uma resposta desagradável, que eu quase soltei. Mas quando se é uma princesa a gente não pode responder nem se igualar com pessoas como Lavínia. Deve-se até morder a língua, se for preciso, para manter o controle. Pois eu mordi a língua e consegui me controlar! Valeu a pena, não?

Mas depois que Melchisedec desapareceu levando o jantar da família, ela deixou cair a cabeça nas mãos com desânimo, coisa que só se permitia fazer quando estava sozinha. E murmurou:

— Ó, papai! Como faz tempo que eu não sou chamada de "fadinha"!...

Era isso que se passava, naquela noite, do outro lado da parede.

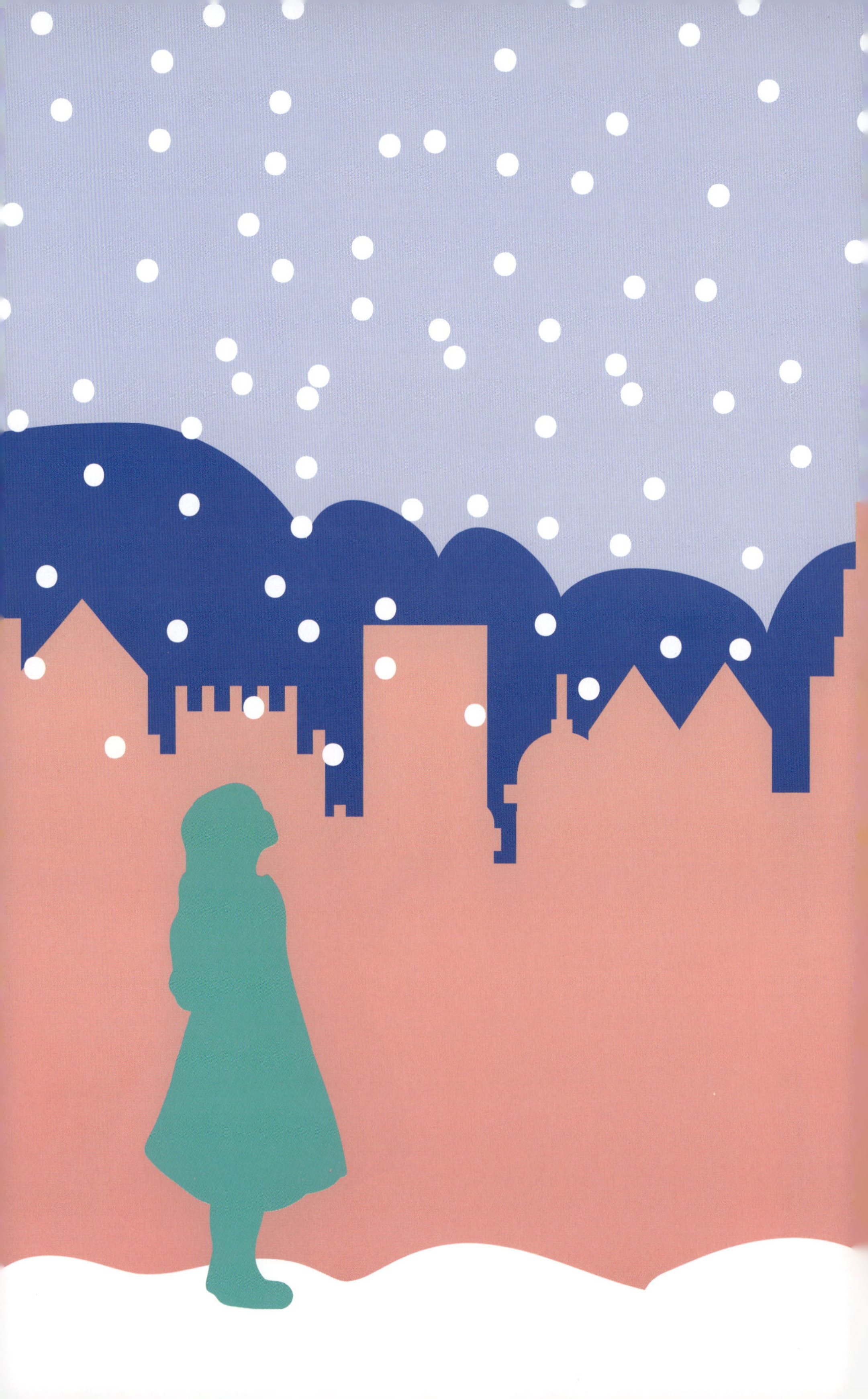

CAPÍTULO 13
UMA PLEBEIA

O inverno foi muito rigoroso naquele ano. Havia dias em que Sara tinha que fazer as compras patinhando na neve. Mas o pior era quando a neve derretia: as ruas se transformavam em lagos de lama. Noutros dias a névoa era tão espessa que as ruas tinham que ser iluminadas muito antes da hora habitual, como naquela tarde distante em que uma carruagem atravessara Londres trazendo uma pequena princesa apoiada ao ombro do pai.

Nesses dias, as janelas da "Grande Família" mostravam um interior particularmente confortável e acolhedor. Na casa do senhor vindo da Índia, as vidraças transpareciam o colorido cálido das chamas da lareira, e o aconchego das tapeçarias do Oriente, penduradas nas paredes. Mas o sótão do internato continuava sombrio, e de uma tristeza indescritível. Para

Sara, não havia nem os bonitos pores do sol para contemplar, nem estrelas para contar, à noite, no seu "pedaço de céu". As nuvens ou a névoa, cinzas ou parda, escondiam completamente a vidraça; quando não era uma forte chuva que o fazia, escorrendo pesadamente como um rio que podia ser visto por baixo, de dentro do quarto. E houvesse névoa ou não, às quatro horas começava a anoitecer no sótão.

Numa dessas noites frias, Becky lhe confessou:

— Cada dia Miss Minchin parece mais a carcereira-chefe da Bastilha! E com esse frio então, cada dia nossos quartos parecem mais com as celas dessa prisão que a senhorita faz de conta... Conte-me das tais passagens subterrâneas que a Bastilha tinha, senhorita! Talvez sejam mais quentinhas...

— Vou lhe contar coisa mais confortadora, Becky — respondeu Sara, que logo pôs a funcionar o seu Poder Mágico. — Pense no pobre macaquinho do empregado indiano aí do lado. Quando eu o vejo grudar-se ao vidro do quarto de lá, e olhar o tempo tão frio, imagino logo que ele está sofrendo mais que nós. Tenho certeza de que ele fica então lembrando da floresta tropical onde nasceu e costumava balançar-se de árvore em árvore, preso pelo rabo. Tento imaginar quem o capturou, e se ele não tem saudade dos filhotes que deixou lá na floresta e que dependiam dele para comer seus coquinhos.

— É mesmo... — Becky ponderou, pensativa. E seguiu: — Sabe, senhorita, quando a ouço falar esses faz de conta, até a Bastilha aqui vai melhorando!

— É porque a minha imaginação a faz pensar em outras coisas. Já aprendi e tenho certeza: quando seu corpo está sofrendo, o que você tem que fazer com a cabeça é imaginar coisas melhores e pensar firmemente nelas!

— E a senhorita consegue sempre?

— Às vezes consigo, às vezes não... Mas eu sempre tento. Pois quanto mais a gente pratica, mais fácil fica. Você não sabe o quanto isso ajuda a esquecer o mal que nos cerca. É mesmo um Poder Mágico!

Com efeito, Sara tinha cada vez mais oportunidades para exercitar a sua imaginação e pôr à prova o seu Poder Mágico. E uma das provas mais duras que teve nesse sentido aconteceu naquele inverno, e nunca se apagou de sua memória. Havia chovido por vários dias, sem parar. Nas ruas, lama por todo lado — a lama pegajosa de Londres; e a névoa espessa como sempre, parecendo penetrar até os ossos de quem passava. Naturalmente Sara tivera compras a fazer, e já saíra tantas vezes que tinha a roupa encharcada e os sapatos cheios de lama. E muita fome, pois em novo castigo Miss Minchin a privara do jantar, que na Inglaterra daquele tempo era servido à tarde. Apesar do frio e da fome, Sara caminhava mais depressa, perseverando no esforço de pensar em outra coisa para sofrer menos. E ia tentando:

— Eu não estou sentindo frio, pois tenho roupas ótimas, sapatos impermeáveis, meias de lã, um casaco grosso e um guarda-chuva! E até uma moeda, minha mesmo! E quando passar naquela padaria, imaginarei que entro na loja, compro seis daqueles bolos quentinhos, e como todinhos, um atrás do outro!

Assim entretida, Sara nem lamentava ter furado a moeda que ganhara do garoto da "Grande Família", e com a qual poderia agora comprar os tais bolinhos. Acontece que, às vezes, as coisas menos prováveis se tornam realidade. Para evitar poças maiores, Sara ia olhando o chão e escolhendo os lugares onde punha os pés. E viu de repente um objeto que brilhava: uma moeda, bastante boa para brilhar no meio da lama! Num instante a moeda estava em suas mãos pequeninas e trêmulas.

— Ah, aconteceu! — exclamou Sara. — Aconteceu *de verdade*!

E noutro instante Sara estava em frente da padaria, cuja dona colocava na vitrine uma bandeja cheia de pãezinhos quentes que acabara de tirar do forno. Sara quase desmaiou à vista daqueles pãezinhos dourados e apetitosos, cujo cheiro agradável chegava até a rua. Decidiu entrar logo. Mas ao colocar o pé na porta, parou. Uma criaturinha menor e muito mais mal vestida que ela surgiu à sua frente. Tinha o corpo coberto de andrajos e os pés descalços, cobertos de lama; os cabelos emaranhados quase cobriam a carinha suja onde os olhos pareciam cavados pela fome. No momento em que os viu, Sara não teve dúvidas de que eram olhos famintos. Teve uma enorme pena da criança, e com essa pena aplacou a própria fome, pensando: "Coitadinha… É uma pobre plebeia, uma criança do povo; e sua fome é bem maior que a minha, que me imagino uma princesa!…" Depois de apertar a moeda na mão e hesitar um pouco, perguntou:

— Você está com fome?

Com a cabeça a garotinha respondeu que sim, e com uma voz rouca acrescentou que não almoçara, nem jantara, nem nada… Olhando-a, Sara sentiu mais fome ainda, mas sua imaginação e sua bondade foram mais fortes. Calculou que a moeda daria para cinco pãezinhos, muito pouco para as duas. Mas era melhor que nada… Mandou que a outra esperasse e entrou na loja. Logo a mulher, de aspecto bondoso, perguntou o que queria.

— Cinco pãezinhos daqueles, por favor.

A mulher tinha notado Sara falar com a outra, que olhava para dentro, ansiosa. Colocou alguns pãezinhos num saco de papel, e Sara pôde contar que eram seis.

— Pedi só cinco. O dinheiro não dá para seis…

Com um olhar meigo, a mulher falou carinhosamente:

— Botei seis para completar meia dúzia, pois tenho certeza de que vão comê-los todos, agora ou mais tarde. Você não está com fome?

Acanhadíssima, Sara respondeu que sim. E ia acrescentar que lá fora havia uma menina com mais fome que ela, mas entraram alguns fregueses apressados que logo atraíram a atenção da vendedora. E Sara pôde apenas agradecer e sair.

A garotinha tinha se acocorado no limiar da porta. Sara abriu o saco de papel, tirou um dos pãezinhos — que já tinham aquecido um pouco as suas mãos geladas — e colocou-o nos joelhos da menina. A criança estremeceu e olhou para Sara como se aquela súbita e inesperada boa sorte a assustasse. Logo agarrou o pão e começou a comê-lo com grandes mordidas, entre as quais repetia sempre a mesma coisa:

— Hum, que bom!

O pão desapareceu depressa. E Sara não pôde deixar de dar mais dois outros, que tiveram o mesmo e rápido destino do primeiro. Confirmando que a menina tinha mais fome que ela, Sara deu-lhe ainda outro pãozinho. Mas a sua mãozinha hesitava quando entregou à outra o quinto, depois de conformar-se com o pensamento: "Afinal, sou uma princesa, e não estou morrendo de fome…"

A pequena estava muito ocupada em devorar, para que pudesse agradecer ou dar-lhe atenção; e Sara se afastou. Depois de atravessar a rua, voltou-se para trás: a menina ainda tinha um pão em cada mão e parara de comer para olhá-la se afastando. Sara lhe acenou com amizade, ao que a criança respondeu apenas com um olhar de espanto que manteve até voltar às mordidas vorazes.

A dona da padaria, que observara tudo pela vitrine, estava enormemente surpresa. Percebera a fome de Sara, e não compreendia como a pobrezinha dera seus pães à outra. Abriu a porta da loja e perguntou à pequena:

— Quem lhe deu esses pães?

Com um sinal de cabeça, a criança mostrou a figura de Sara dobrando a rua ao longe.

— E o que foi que ela lhe disse?

— Perguntou se eu estava com fome… — respondeu com a voz rouca.

— E o que disse você?

— Que estava, ora…

— E ela… quantos pães lhe deu?

Voltando a comer, a criança respondeu com os dedos da mão que estava livre.

— Cinco! — exclamou a mulher, mais espantada ainda. — Então ficou só com um para ela. E tinha fome para comer os seis... Via-se isso no seu rostinho!

E olhando para a esquina onde Sara desaparecera, sentiu-se comovida como poucas vezes lhe havia acontecido. Lamentou mesmo que Sara tivesse ido embora, pois lhe teria dado outra meia dúzia de pãezinhos. Depois, virou-se para a criança:

— Você ainda está com fome?

Sempre mastigando, a criança outra vez serviu-se da cabeça para responder que sim. A mulher fez a menina entrar na loja e colocou-a perto do forno, para que se aquecesse. Apanhou outros pães e entregou-os à garota, que cada vez ficava mais espantada. E a mulher lhe disse, como explicação:

— Quando quiser um pãozinho, pode voltar e me pedir. — E completou, como que para si mesma: — Quero ser enforcada se não o der, em homenagem àquela estranha menina!

Enquanto isso, Sara seguia o seu caminho, reconfortada com o pão que lhe sobrara. Ia mastigando-o em pedacinhos, para fazê-lo render mais. E dizia a si mesma:

— Se fosse um pão encantado, e se uma só dentada alimentasse tanto quanto um jantar, certamente eu ia ter uma indigestão se comesse os seis!

Chegando à praça do colégio, Sara lembrou que àquela hora o papai da "Grande Família" costumava estar sentado na sua poltrona predileta tendo à volta o bando de filhos. Mas, nessa tarde, era evidente que ia viajar: um carro, com uma mala enorme e outras menores, esperava-o diante da porta. E Sara viu pela janela que as crianças pulavam em volta do pai, agarravam-no e o beijavam enquanto a mãe, de pé ao seu lado, parecia fazer-lhe as últimas recomendações. Sara parou um instante para ver o pai levantar os menores, abraçar os maiores, e beijar a todos.

Quando a porta se abriu para sair o dono da casa, Sara se afastou, lembrando-se da cena da moeda. Mas parou adiante e olhou mais uma vez. O viajante já estava do lado de fora cercado da mulher e dos filhos. E, de onde estava, Sara pôde ouvir:

— Será que Moscou está coberta de neve? — perguntou um dos filhos.

— Vai andar de troica, papai? — quis saber uma das meninas.

— Eu escreverei contando tudo! — respondeu o pai, rindo. — Mandarei retratos e outras lembranças. Mas agora entrem, que está muito frio. Gostaria mais de ficar com vocês do que ir a Moscou.

Já tomando o carro despediu-se:

— Adeus, meus queridos. Comportem-se bem, hem?

Sua mulher disse a última frase:

— Queira Deus você encontre a menina!

O carro partiu, a família voltou para dentro, e Sara atravessou a praça em direção ao internato. Seguia pensando quem poderia ser essa menina que o pai da "Grande Família" ia procurar. E enquanto ela subia os degraus da escada de serviço do colégio, o Sr. Carmichael dirigia-se para a estação em que embarcaria para Moscou, onde ia fazer o possível para encontrar a filha do Capitão Crewe.

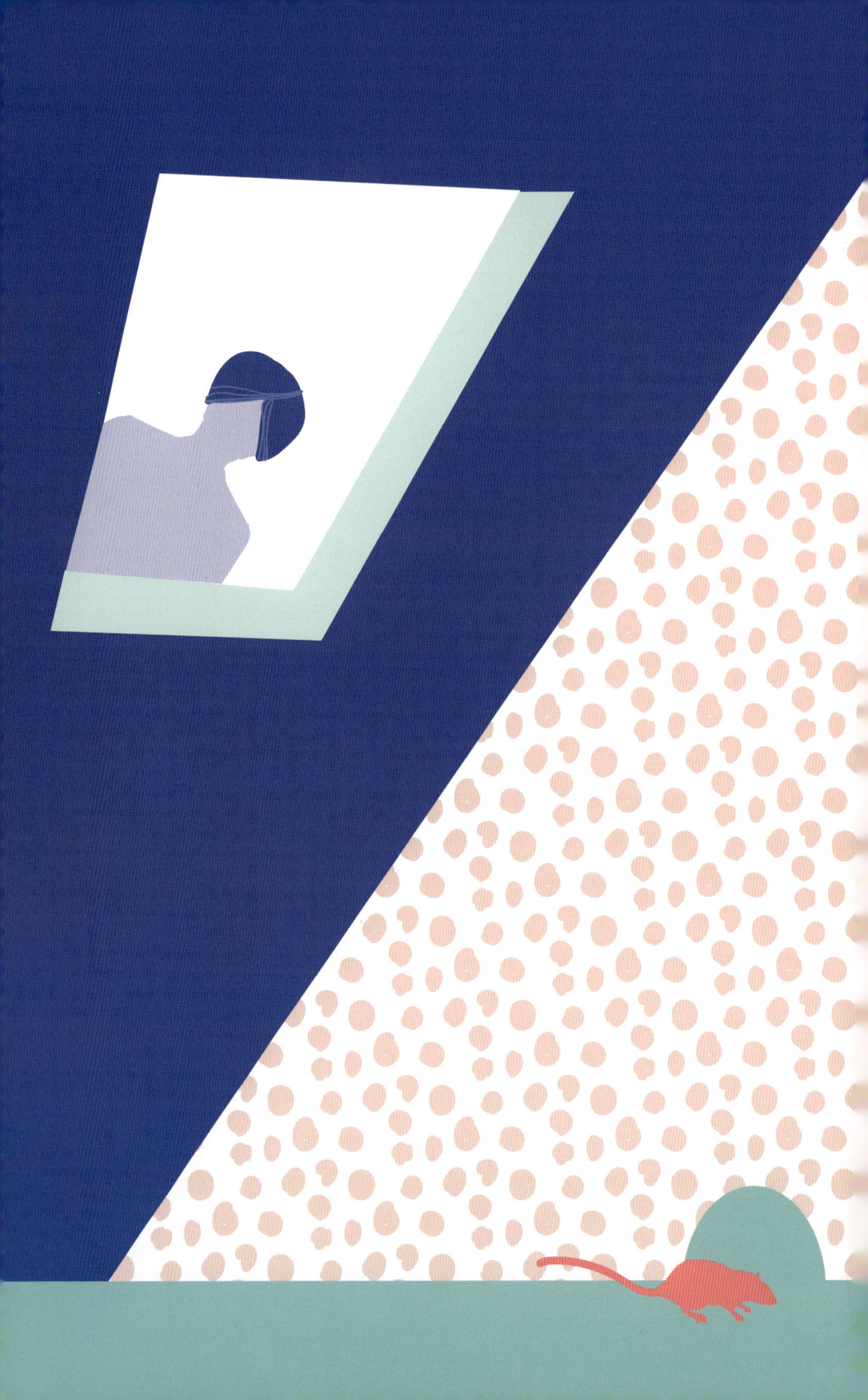

CAPÍTULO 14
O QUE MELCHISEDEC VIU E OUVIU

Enquanto Sara esteve fora passou-se no seu quarto do sótão algo extraordinário, e do qual somente Melchisedec foi testemunha. Tudo começou quando ele ouviu uns barulhos diferentes. Com o coração batendo mais forte, o ratinho parou: duas criaturas humanas andavam no telhado, bem em cima do quarto de Sara. Logo o "pedaço de céu" foi aberto por fora e um rosto bronzeado apareceu olhando para dentro; e atrás do primeiro, um segundo rosto. E os dois homens donos dos dois rostos pularam silenciosamente para dentro do quarto! Melchisedec teve medo e fugiu depressa, escondendo-se no buraco do rodapé. Pouco depois, trêmulo e arrepiado, botou a cabecinha de fora, cautelosamente, para ver o que se passava.

Um dos homens era Ram Dass, que trouxera o secretário do novo vizinho. Melchisedec não os conhecia, nem entendeu o que diziam. Mas seu espanto não seria menor se tivesse compreendido a linguagem dos dois. O secretário, que tivera tempo de ver a cauda de Melchisedec desaparecendo no buraco da parede, perguntou em voz baixa:

— Era um rato, não?

— Sim, *Sahib* — respondeu Ram Dass no mesmo tom. — Há muitos aqui.

O outro não se espantou tanto de que ali houvesse ratos, mas sim de que Sara não tivesse medo deles, como lhe informou Ram Dass.

— É uma pequena muito original e atraente, *Sahib* — continuou o indiano. — Não parece com as outras crianças. Eu a observo frequentemente, sem que perceba. À noite venho a esse telhado e olho para dentro, para ver como ela está. Muitas vezes, lá do meu quarto, eu a vejo subir nesta mesa e contemplar o céu. Os pardais atendem ao seu chamado. E na sua solidão a menina conseguiu domesticar um rato, talvez aquele que entrou no buraco, e conversa com ele, buscando simpatia e consolo. A diretora do colégio é uma mulher sem coração, e a trata quase como uma escrava. Mas a menina se comporta em relação a ela como uma princesa. E tem mesmo a dignidade de uma princesa!

O outro perguntou se não havia perigo de serem surpreendidos ali. Pois se alguém os visse, as intenções de seu patrão iriam por água abaixo. Ram Dass foi até a porta, escutou com atenção e tranquilizou-o:

— Ninguém vem aqui a esta hora, *Sahib*. Ela saiu para fazer as compras, no que vai demorar o bastante para podermos agir. Ficarei na porta, de guarda, e avisarei sobre qualquer barulho. Mas é bom nos apressarmos.

O secretário pegou um lápis e um caderno de notas, e começou a fazer o inventário do quarto. Foi até a cama, apalpou o colchão e verificou que era duro como uma tábua, com um cobertor sujo e velho e os lençóis remendados. Constatou que a lareira não era usada, que o tamborete estava quebrado. Tomou nota de tudo, e comentou:

— Que singular trabalho nos determinou o Sr. Carrisford... Quem teve essa ideia?

Ram Dass inclinou-se modestamente, antes de explicar:

— A primeira ideia foi minha, mas era apenas uma ideia vaga. Gostei muito dessa menina. Ambos somos solitários. Uma noite, quando olhava por aquela abertura ali em cima, eu a ouvi conversar com suas amigas. Ela descrevia, com detalhes originais, o que poderia ser esse quarto, se lhe dessem um pouco de conforto. E o simples fato de imaginar aquilo era o bastante para reconfortar seu coração e consolá-la um pouco. Quando no dia seguinte vi nosso patrão mais triste do que de costume, contei essa cena para distraí-lo. Ele se interessou pela criança, e foi me fazendo perguntas. Sempre escuta com prazer o que se conta sobre ela. Finalmente teve a ideia de realizar o sonho que ela imaginara na sua fantasia com as amigas.

— Acredita mesmo que poderemos modificar o quarto durante o seu sono?

— Posso ir e vir sem fazer mais barulho que um gato, *Sahib* — garantiu Ram Dass, sorrindo. — E uma criança que trabalha tanto quanto esta tem o sono profundo. Se alguém me der os objetos pela abertura do teto, arrumarei tudo sem que ela nem se mexa na cama. E, quando acordar, pensará que uma fada esteve aqui enquanto dormia.

Ambos sorriram, encantados com a ideia. E o secretário concluiu:
— Sim, será como uma história das "Mil e Uma Noites".

Era preciso possuir uma imaginação oriental para ter uma ideia daquelas, que certamente não brotaria num cérebro acostumado aos nevoeiros de Londres.

Para grande satisfação de Melchisedec — que não esperava nada de bom daquela invasão —, os homens logo depois se prepararam para partir. O secretário tomou ainda outras notas rápidas sobre o estado do assoalho, da velha mesa e das paredes, nas quais constatou a existência de alguns pregos, aqui e ali. E comentou:

— Este quarto já foi habitado por alguém que possuía quadros e outros detalhes de conforto. Será possível que abandonaram tanto isso aqui?

Ram Dass sorriu de uma maneira tipicamente oriental:
— Fui eu quem os colocou ontem, quando ela também saíra. Repare que são esses pregos finos como alfinetes, que com habilidade se podem

enfiar nas paredes mais velhas sem a necessidade das batidas barulhentas de um martelo...

O secretário admirou-se da habilidade e da antecedência com que Ram Dass já estava cuidando da incumbência dada pelo Sr. Carrisford. Deu uma última olhada em torno, guardou no bolso o lápis e o caderninho de notas e preparou-se para sair por onde entrara, dizendo:

— Acho que já podemos partir, não? Está escurecendo, e quanto mais cedo sairmos, melhor.

Enquanto ajudava o outro a passar para o telhado, Ram Dass olhou mais uma vez aquele quarto tão pobre e comentou, como quem já está vendo a modificação que será feita:

— O *Sahib* tem um coração bondoso. É pena que não tenha encontrado ainda a criança perdida...

Ao que o outro acrescentou, já do telhado:

— Se ele a encontrar, o que pode acontecer quando o Sr. Carrisford chegar a Moscou, garanto que recuperará a saúde e a alegria perdidas.

Depois disso Ram Dass subiu na mesa, passou também pela abertura do teto e fechou-a cautelosamente, sem deixar nenhum vestígio daquela bem-intencionada invasão.

Depois de assegurar-se de que os dois tinham realmente ido embora, Melchisedec sentiu alívio. Saiu do buraco devagarinho e, cauteloso, foi farejando todo o assoalho minuciosamente.

Tinha a esperança de que, embora desconhecidos e um tanto assustadores, aqueles seres humanos bem que poderiam ter deixado cair dos seus bolsos qualquer coisinha gostosa de comer...

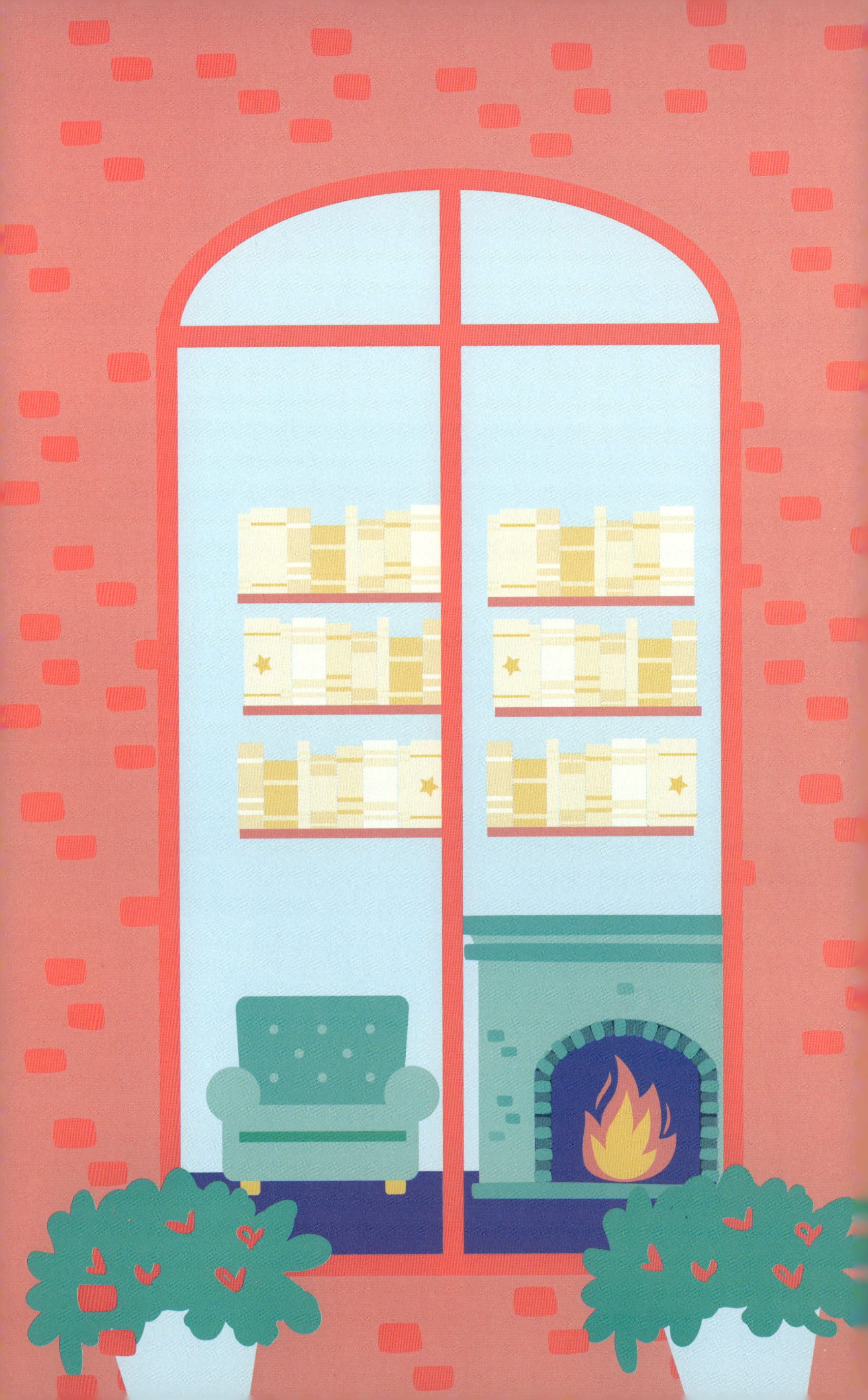

CAPÍTULO 15
O MÁGICO DE VERDADE

Quando passou diante da casa vizinha ao colégio, Sara viu pela janela que Ram Dass fechava as cortinas do salão de estar. Mas ainda teve tempo de lançar uma olhadela lá para dentro. E suspirou:

— Faz tanto tempo que não vejo uma sala bonita pelo lado de dentro...

Na lareira brilhava o gostoso fogo de sempre, e perto dele o dono da casa estava sentado com o mesmo aspecto infeliz e solitário com que ela o vira das outras vezes. E Sara não pôde deixar de dizer a si mesma:

— Pobre homem! Está sempre triste... Que coisas estará ele imaginando?

E eis o que estava "imaginando" o Sr. Carrisford, falando também consigo mesmo:

— Imaginemos que Carmichael consiga encontrar a tal família em Moscou: talvez a menina não seja a mesma que procuro... Então, quais os meios que me restarão para continuar a procurar a filha de Crewe?

Ao entrar na cozinha do internato, Sara deparou com Miss Minchin, que viera fazer uma repreensão à cozinheira. A diretora logo a fuzilou com a pergunta:

— E você, de onde vem a uma hora desta? Demorou demais na rua!

Ainda ocupada em limpar os sapatos imundos de lama, Sara respondeu:

— O tempo está muito ruim, e há muita lama na rua. Com meus sapatos furados e largos, tenho que andar com cuidado para não escorregar a cada passo.

— Não invente desculpas idiotas... — replicou Miss Minchin, retirando-se.

Furiosa com a repreensão que recebera da diretora, a cozinheira desabafou sobre Sara a sua raiva:

— Por que não ficou fora logo a noite toda?

Sara colocou as compras na mesa, dizendo como única resposta:

— Eis as compras.

Enquanto a cozinheira examinava uma a uma as compras feitas, Sara ousou pedir:

— Será que tem alguma coisa que eu possa comer?

A outra respondeu, secamente:

— A hora do chá já passou. Pensava que eu ia guardá-lo quentinho para você, é?

Apesar do medo da reação da outra, Sara ainda insistiu baixinho:

— É que eu não jantei...

— Tem pão na despensa. Mas é só!

Sara serviu-se do pão. Era dormido, duro e seco. Mas a cozinheira já demonstrara sua falta de disposição de lhe dar qualquer outra coisa para comer com ele ou em vez dele.

Naquela noite, foi penoso para Sara subir os vários lances de escada até o sótão. Fraca como estava, parecia-lhe que não ia chegar lá em cima nunca. Quando venceu o último degrau, notou por debaixo da porta que havia luz em seu quarto. Isso significava que Ermengarda achara um meio de visitá-la. Animou-se com essa ideia, pois a simples presença da boa e gorda lourinha, enrolada na sua manta vermelha, já aqueceria um pouco o ambiente.

Ermengarda realmente estava lá, sentada no meio da cama, com as pernas prudentemente cruzadas e cobertas com a manta. Ela nunca se acostumava com Melchisedec... Divertia-se em olhá-lo de longe, mas temia a sua aproximação. E o pior é que, naquela noite, ele passara dos limites: vendo-a sozinha e com medo, o ratinho se aproximara da cama e se atrevera a sentar-se sobre os quadris e ficar parado, ali a meio metro dela, fungando e olhando-a tremer! Foi um alívio quando Sara entrou.

— Ó, Sara, que sorte você chegar! Melchisedec não para de fungar aí na minha frente. Tentei fazer ele voltar para o buraco, mas foi inútil. Eu gosto dele, você sabe, mas ele me assusta um pouco... Você acha que ele poderia pular em cima de mim?

Depois de tranquilizá-la e dizer algumas palavras a Melchisedec, Sara se sentou, abatida. Ermengarda reparou então a acentuada palidez da amiga, e esta confessou que estava mesmo muito cansada. Mas mudou logo de assunto, ao notar que Melchisedec permanecia parado, olhando-a. E disse a ele:

— Lamento muito, mas hoje não trouxe uma só migalha...

O rato pareceu entender, pois foi lentamente para casa, conformado. Ermengarda contou então que poderiam ficar juntas o tempo que quisessem: Miss Amélia fora passar a noite na casa de uma tia, e ninguém iria fiscalizar os dormitórios. Apontando com o dedo, mostrou sobre a mesa uma pilha de livros e disse com ar desanimado:

— Papai me mandou uns livros. Fique com eles para você...

Satisfeita, Sara correu para a mesa e, por um momento, esqueceu seu cansaço e suas tristezas. Pegando um dos livros, exclamou:

— Que sorte: é a *História da Revolução Francesa*, de Carlyle! Há muito tempo que desejava ter este livro.

— Pois eu não. E papai vai ficar furioso, se eu não ler. Ele espera que eu o saiba de cor, quando for para casa nas férias. Como é que vai ser?

Sara prometeu que leria aquele e os outros livros. E, nas visitas seguintes, contaria tudo a Ermengarda, naquela sua maneira capaz de agradar qualquer menina e fazê-la lembrar-se para sempre da história contada.

— Ótimo! Mas será que eu vou lembrar mesmo? Papai quer é que eu leia...

— Ora, Ermengarda... Até as menores lembram de tudo que eu conto! E desde que você aprenda, seu pai não se importará muito com a maneira pela qual aprendeu. Por falar nisso: como vão as lições de francês?

— Muito melhor, desde a última visita em que você me explicou as conjugações. Miss Minchin ficou admirada de como eu fiz bem os exercícios...

— Ela também não entende como é que Lottie resolve tão facilmente os problemas de aritmética. É porque ela vem aqui e eu ajudo...

As duas conversavam de costas para o "pedaço de céu"; e não viram o rosto bronzeado que lá surgiu, olhou cautelosamente para dentro e, depois de espiar um momento, desapareceu. Mas Sara tinha bom ouvido e, mesmo sem nada ter visto, escutou um ruído incomum. Parou de falar e comentou:

— Não foi Melchisedec.

— O quê? — perguntou Ermengarda, intrigada.

— Você não ouviu? Tive a impressão de que alguma coisa deslizava suavemente pelo telhado.

— Será um ladrão?

Apesar do medo da amiga, Sara respondeu com um sorriso:

— Se for, não há perigo. Não há nada para roubar, aqui...

Logo a seguir um outro barulho, diferente e muito mais assustador do que o de um possível ladrão, fez as duas estremecerem. Era a voz de Miss Minchin, gritando furiosa embaixo da escada. Sara pulou da cama, apagou a vela, e as duas ficaram imóveis. Ermengarda apavorou-se com a possibilidade de Miss Minchin descobri-la ali. Sara procurou tranquilizá-la, dizendo que a diretora raramente ia lá em cima. Mas seu medo também cresceu ao perceber que a voz da mulher se aproximava, que já estava na metade do caminho perseguindo a pobre Becky, aos berros:

— Você é uma ladra! Roubou os pastéis, sim. A cozinheira diz que você sempre tira uma porção de coisas da cozinha!

Também subindo, Becky procurava inocentar-se:

— Não fui eu. Eu tinha fome para comer mais de um, mas não toquei em nenhum!

A raiva e o esforço para subir as escadas — pois já estava perto da porta de Sara — deixaram Miss Minchin sem fôlego. Os tais pastéis estavam reservados para sua ceia particular. E ouviu-se a bofetada que deu em Becky, antes de mandá-la para o quarto. E ouviram-se também os passinhos de Becky correndo, e o ruído de seu corpo atirando-se na cama.

Depois que os passos de Miss Minchin foram desaparecendo nos degraus lá embaixo, Sara comentou, indignada:

— Que injustiça! A cozinheira acusa Becky, mas foi ela quem deu os pastéis ao seu amigo, o sargento. Ela sempre faz isso! A pobre Becky está sempre com tanta fome que às vezes chega a comer as cascas das frutas que servem na sobremesa...

E, cobrindo o rosto com as mãos, Sara soluçou convulsivamente, como se fosse ela própria a injustiçada. Ermengarda ficou perplexa. Sara chorando! Isso lhe mostrava a amiga num estado que ela nunca tinha presenciado. Apesar de sua mente pouco privilegiada, Ermengarda teve uma suspeita. Levantou-se, apalpou na escuridão, acendeu a vela e contemplou angustiada o rosto de Sara. E procurou as palavras para perguntar, sem jeito:

— Sara, você... Não quero ser indiscreta... Você nunca se queixou, mas... não deve ser só a Becky. Você... você também passa fome?

Era demais. Sem levantar o rosto, e sem poder conter a emoção, Sara desabafou:

— Sim. Agora mesmo tenho fome! E é uma fome ainda pior de suportar ouvindo a pobre Becky chorar, pois ela tem ainda mais fome do que eu.

Seria possível? Ermengarda não se perdoou de nunca ter suspeitado isso. E muito menos, naquela noite.

— Ó, Sara, como fui estúpida de não ter pensado nisso antes! Mas, ao menos hoje, podemos remediar. Olhe: uma tia me mandou um pacote cheio de coisas. Tem pastéis, brioches, maçãs, chocolate e até xarope de groselha! Ainda não toquei em nada, pois tinha comido muito antes de chegar o presente, e depois fiquei aborrecida porque os livros vieram junto. Vou descer devagarinho e trazer tudo, bem depressa. Comeremos juntas, agorinha!

Quando se está com muita fome, a simples menção de comida produz estranhas reações. Sara apertou o braço da amiga:

— Você acha que vai dar certo?

Ermengarda abriu a porta com cuidado, botou a cabeça para fora, escutou e garantiu:

— As luzes estão apagadas. Posso me arriscar, pois ninguém vai ouvir.

A ideia era tão formidável que as duas se deram as mãos. Os olhos de Sara se iluminaram quando propôs:

— Ermengarda: vamos imaginar que é uma recepção, e que convidamos a prisioneira da cela ao lado, sim? Batamos na parede. A carcereira não ouvirá nada.

Sara bateu algumas pancadas do código, significando: "Companheira, venha à minha cela. Algo a comunicar!" Outras pancadinhas responderam. E Sara confirmou à amiga que Becky viria. Logo Ermengarda saiu para buscar as coisas prometidas. Estava tão apressada que deixou cair a manta vermelha na porta. A seguir entrou Becky, com os olhos inchados e a touca torta. Ficou radiante e incrédula quando Sara lhe explicou o que era o "algo a comunicar".

— Comer, senhorita? Coisas gostosas… para comer?

— Sim, Becky. Vamos fazer de conta que é uma festa, uma recepção!

Depois de explicar à outra o que era exatamente uma recepção, continuou:

— De uma ou de outra maneira, as coisas se modificam antes de chegar o pior! Temos a prova esta noite. Nos maus momentos lembre-se sempre, Becky: o pior não chega nunca!

Depois, sacudindo Becky afetuosamente:

— Vamos, não chore mais! Vamos logo pôr a mesa.

Becky espantou-se, olhou em volta e perguntou:

— Pôr a mesa? E com *o quê*?

Após um ligeiro embaraço, Sara descobriu a manta de Ermengarda caída no chão. Pegou-a rapidamente e cobriu a mesa com ela. E perguntou, satisfeita:

— Viu como ficou bem? O vermelho é uma cor viva e alegre. O quarto já parece até um pouco mais aquecido… — E, olhando à volta, Sara começou a usar o seu Poder Mágico: — Um bom tapete no assoalho faria ótimo efeito. Pois imaginemos que tem um. Veja, Becky, como é grosso e macio…

Dizendo isso, ela andava com cuidado, como se realmente pisasse um espesso tapete. E tinha no rosto uma expressão cujo significado a outra conhecia bem. E Becky começou também a encantar-se com o faz de conta. Sara parou de repente, tapou os olhos com as mãos e falou:

— O que falta ainda? Se refletir um momento, o Poder Mágico vai me inspirar.

Outra de suas curiosas convicções era a de que as ideias pairavam no ar, à espera de que as pessoas as captassem com o pensamento. Depois de concentrar-se um instante, Sara foi buscar embaixo da cama uma velha mala, a única que Miss Minchin lhe permitira conservar com as roupas mais velhas, compradas ainda por seu pai. Foi tirando coisas diversas da mala, e transformando-as com o auxílio do seu fabuloso Poder Mágico:

— Esses velhos lenços brancos serão os pratos. É uma baixela de ouro! E eis os guardanapos, ricamente bordados pelas religiosas de um convento da Espanha.

Dito isso, colocou na mesa os lenços como pratos, ao lado dos quais pequenos pedaços de renda ficaram servindo de guardanapos. De um chapéu também encontrado na mala, retirou a guirlanda de flores, enquanto pedia a Becky:

— Apanhe aquele copinho e a saboneteira ali em cima da pia. Serão o centro da mesa e o castiçal!

Arrumou as flores na saboneteira, e colocou-a no centro da mesa. Pegou a vela, introduziu-a no copo, e amarrou-o com uma fita azul tirada do mesmo chapéu. Terminado o arranjo, apontou-o como se o seu dedo fosse uma varinha de condão que tudo transformasse:

— Este centro de mesa é do mais puro cristal lapidado. E o castiçal é de alabastro verdadeiro. Não é verdade, Becky?

Becky já estava envolvida pela magia da imaginação da outra.

— Meu Deus, como está lindo! Mas… isso aqui ainda é a Bastilha?

Nem essa confusão na cabecinha de Becky perturbou a fantasia de Sara:

— Claro que não. É um salão de festas!

Nesse momento a porta se abriu e Ermengarda entrou ofegante pelo esforço de ter cumprido toda aquela missão sem o menor ruído, e sem despertar suspeitas lá embaixo. Recuou um passo, surpresa com os detalhes novos criados na sua ausência. E Sara lhe perguntou, triunfante:

— Viu como a cela da Bastilha num instante se transformou num salão de festas?

Sara convencia facilmente as outras duas da beleza dos elementos que já preparara, como de outros mais, que sua imaginação ia criando enquanto falava. O pequeno quarto transformado em salão de festas passou a ter o teto em abóbadas; a abertura de vidro ficou sendo um balcão onde mais tarde iriam tocar os menestréis; a sala estava iluminada com tochas de cera que cintilavam nas paredes. Na lareira...

— Esperem um pouco! — exclamou Sara, interrompendo sua fantasia. — Ali na chaminé há uma porção de papéis e coisas velhas. Podemos usá-las...

E na lareira passou a queimar um fogo vivo, de cheirosa lenha de carvalho tirada dos bosques do castelo! Antes de se chegarem à mesa, as três observavam a cena, entre exclamações:

— Realmente é uma bela festa!

— Uma mesa real, digna de uma princesa!

Ermengarda gostou da sugestão de Becky, e completou:

— Isso mesmo: Sara, você é a princesa que está nos oferecendo uma recepção!

Sara agradeceu mas ponderou que Ermengarda é quem dava a festa; ela apenas arrumara tudo. E mandou que Ermengarda se sentasse à cabeceira. A outra recusou:

— Ah, não! Sou muito gorda, e não vou saber fazer esse papel. Você é que tem que ser a princesa!

Já que assim o queriam, Sara aceitou. Assumiu seu papel e disse:

— Bem-vindas, gentis senhoritas. Tomemos lugar à mesa do festim. Meu nobre pai, o rei, partiu para uma longa viagem e ordenou-me que vos convidasse para festejar durante sua ausência. Menestréis, música!

Sem entender o gesto que Sara fez nesse momento, Ermengarda saiu do faz de conta e perguntou timidamente o que eram menestréis. Sara explicou às duas — Becky também não sabia — que os nobres de antigamente contratavam músicos para tocar nas suas festas. Na época daquele faz de conta, os músicos se chamavam menestréis. Depois da explicação, Sara voltou a representar:

— E agora, comecemos a servir-nos!

Mas as três meninas apenas tiveram tempo de levar à boca a primeira coisa que pegaram da mesa. Logo em seguida pararam, ficaram mudas e perderam a ilusão que o Poder Mágico conseguira criar até ali. E ficaram estáticas, escutando: alguém subia a escada com passos fortes e cada vez mais próximos. Passos que não deixavam dúvidas sobre quem vinha subindo. E as três adivinharam logo que era o fim de tudo.

— A patroa! — exclamou Becky, apavorada.

— Sim, é ela! — disse Sara com os olhos cheios de medo. — Miss Minchin nos descobriu!

Foi realmente Miss Minchin quem abriu a porta com violência. Estava lívida de raiva. Olhou os três rostinhos assustados, depois a mesa do festim, e a seguir as chamas que queimavam na lareira. E explodiu:

— Eu bem que suspeitava de alguma coisa nesse gênero, mas não supunha que tivessem tanta audácia! Lavínia tinha razão...

Assim elas souberam que Lavínia descobrira seu segredo e as traíra. Miss Minchin partiu diretamente para Becky, e deu-lhe outra bofetada, dizendo:

— Pequena sem-vergonha! Amanhã você deixará esta casa!

Sara ficou imóvel. Seus olhos tornaram-se maiores, e seu rosto mais pálido. Ermengarda rompeu em soluços, pedindo:

— Não a mande embora! Foi minha tia quem me enviou tudo isso. E nós estávamos só fazendo uma festa...

— É o que vejo!... — replicou a diretora, passando a fuzilar Sara com o olhar: — E com a Princesa Sara no lugar de honra, não? Foi certamente ela quem arrumou tudo isso! Não tenho dúvida, pois Ermengarda sozinha não teria ideia de tal cena.

E mandou que Becky voltasse para o seu quarto. A empregadinha obedeceu correndo, com o rosto escondido no avental e os ombros sacudidos pelos soluços. Chegou então a vez de Sara:

— Eu me ocuparei de você amanhã: ficará sem almoço, jantar e até chá!

— Já hoje eu não comi, Miss Minchin... — disse Sara com uma voz fraca.

— Então, tanto melhor! Jamais se esquecerá da lição.

Depois de ordenar que pusessem tudo dentro do cesto que Ermengarda trouxera, Miss Minchin teve sua atenção atraída pelos livros.

— E você, Ermengarda, por que trouxe para cá seus lindos livros novos? Leve-os, com o cesto, e vá para a cama! Passará amanhã o dia todo no quarto, e eu escreverei a seu pai contando tudo. Que dirá ele quando souber onde você se encontra essa noite?

Apesar da excitação com que falava e agia, Miss Minchin sentiu que Sara a fixava com aquele olhar que ela tanto detestava. E logo perguntou:

— E você, por que me olha assim? Que é que está pensando?

— Eu estou me perguntando... — começou Sara, no mesmo tom que já respondera naquela memorável cena da sala de aula.

— Perguntando? Perguntando *o quê*? — cortou a diretora, tanto enraivecida pelo tom que odiava como intrigada pela frase da menina.

Não havia impertinência, mas somente calma e tristeza na maneira com que Sara prosseguiu, em voz baixa:

— Eu estava me perguntando o que diria o meu pai, se soubesse onde eu estou esta noite!

Também como acontecera na sala de aula, Miss Minchin ficou furiosa. E não podendo dominar sua cólera, precipitou-se sobre Sara e sacudiu-a enquanto gritava:

— Criança insolente e audaciosa! Como se atreve?

Sem ouvir nenhuma resposta de Sara que seguia olhando-a implacavelmente, a diretora se desconcertou. Largou-a, juntou os livros e lançou-

-os apressadamente no cesto com os restos da festa. E foi levando Ermengarda. Na porta, voltou-se e disse para Sara, com rancor:

— Pois fique aí com as suas reflexões. E durma bem!

Miss Minchin bateu com força a porta atrás de si e de Ermengarda, que, embora atônita, teve tempo de lançar à amiga um olhar de pena e solidariedade. Sozinha, Sara ficou olhando o vazio. O sonho acabara. Na lareira, a última chama se apagava, restando apenas cinzas mortas. A mesa ficara sem toalha; e a baixela de ouro e os guardanapos ricamente bordados não passavam agora de velhos lencinhos e pedaços de renda espalhados pelo chão onde caíram com as flores, depois do puxão que a diretora dera na manta de Ermengarda. Centro de mesa de cristal e castiçal de alabastro voltaram a ser saboneteira e copo, apenas. E os menestréis haviam desaparecido, silenciosamente. A um canto, encostada na parede, Emily estava estática, com seu olhar fixo. Sara a tomou entre as mãos, que tremiam.

— Não há mais festim, Emily, nem há mais princesa. Somente os prisioneiros da Bastilha...

Abatida, recostou-se na mesa e escondeu o rosto entre as mãos. Se naquele momento ela tivesse olhado para o "pedaço de céu", teria visto surgir o mesmo rosto que ali aparecera antes. Mas ficou algum tempo com a cabeça apoiada nas mãos, na posição que adotava para recuperar o equilíbrio. Depois reergueu o rosto e dirigiu-se lentamente para a cama, dizendo a si mesma:

— É inútil tentar imaginar outra coisa esta noite: não conseguiria. Se for dormir, talvez um sonho venha me ajudar...

Sara estava tão cansada e fraca que mal chegou à cama deixou-se cair no duro colchão. Suas últimas forças foram para puxar a coberta enquanto murmurava:

— Se ainda houvesse um bom fogo na lareira, onde dançassem umas chamas alegres... E se diante do fogo eu visse uma poltrona... e uma mesa com uma gostosa ceia, bem quentinha... Se a cama fosse macia... e tivesse um bom cobertor... e travesseiros de penas... e...

Sua canseira era tanta que seus olhinhos logo se fecharam. E ela adormeceu num sono tão profundo que nada poderia perturbar.

Quando acordou, Sara não entendeu direito se ainda sonhava ou se acordara mesmo. Tinha a impressão de que despertara com o barulhinho do "pedaço de céu" se fechando por fora. Mas preferiu não abrir os olhos, para continuar sonhando. É que sentia a estranha e agradável sensação de estar deitada numa cama macia, tão quentinha e confortável como se o colchão fosse de molas, o cobertor de lã grossa e os travesseiros de penas... Sara não abriu mesmo os olhos, para que o sonho durasse um pouco mais. E pensava: "Que sonho gostoso! Não quero acordar agora, mesmo não..."

Mas ela não conseguia manter-se assim, pois alguma coisa dentro do quarto a forçava a abrir os olhos. Era uma claridade diferente, que ela sentia mesmo de olhos fechados. Uma claridade morna e gostosa, junto com um barulhinho também agradável: o estalar macio de lenha queimando na lareira. E lamentou: "Ora, estou acordando!... Não posso nem esticar esse meu sonho..."

E seus olhos se abriram, contra a sua vontade. Mas ficou pasma diante do que via. Porque estava vendo o que nunca vira e sabia que nunca voltaria a ver naquele quartinho do sótão. E murmurou, incrédula:

—Ah, eu acho que não acordei, não... Estou mesmo sonhando ainda!

Sara achava que se estivesse acordada não poderia estar vendo nada do que via: um fogo morno ardendo na lareira, onde estava pendurada uma chaleira de cobre com água fervendo, pronta para o chá; estendido no soalho, um tapete vermelho, lindo, sobre o qual havia uma poltrona confortável de lado para a lareira; e uma cadeira nova diante da velha mesa agora coberta com uma bela toalha branca! E a mesa estava posta, com pratos, talheres, um bule e uma xícara de chá, e pequenas travessas cobertas, mas fumegantes! Sara apalpou-se. E sentiu então que estava envolta num cobertor novinho e forrado de cetim! E percebeu que o colchão e o travesseiro eram igualmente novos e macios. E *de verdade*! Como também não era de faz de conta aquele lindo roupão que via ao pé da cama, nem o par de chinelos de seda junto dele, nem aqueles livros novinhos perto da lareira!

O quarto que parecia um sonho era o seu próprio quarto, e se tornara uma realidade incontestável. Pois não estava iluminado pela penumbra do sonho, nem somente pelo fogo da lareira: uma linda lâmpada de cúpula redonda estava lá, na mesa, inundando o ambiente de uma luz quente e real!

Sara quase perdia a respiração. Endireitava-se, esfregava os olhos, mas seu sonho não se desfazia. Ela tinha receio de acreditar naquilo e quebrar o encanto do que via. Mas tomou coragem e foi puxando as cobertas de mansinho. Sentou-se na cama e tocou com os pés os chinelos novos. O brilho do fogo a atraiu. Levantou-se e, parada em meio a tantas maravilhas, escutava sua própria voz, falando como num sonho:

— E esse sonho não acaba! Estou sonhando que estou levantando da cama. Estou sonhando que tudo isso é real. E continua sendo... Tudo aqui está enfeitiçado, acho que até eu estou enfeitiçada! Mas que importa, se eu puder acreditar, ao menos por enquanto, que tudo isso existe mesmo?

Ajoelhou-se diante da lareira. Aproximou as mãos do fogo, mas logo as retirou, sentindo queimar. Isso a levou a um pensamento lógico: "Um fogo que só existisse em sonho não me queimaria..."

Deslumbrada por constatar que aquelas coisas todas eram mesmo reais e não apenas fruto de sua imaginação ou de um sonho, levantou-se de um salto. Tocou na mesa, nos pratos, no tapete. Voltou para a cama e apalpou novamente as cobertas. Pegou o roupão macio e forrado, apertou-o contra o peito e acariciou com ele o rostinho ainda incrédulo, pensando: "É quente e macio. É mesmo real!" E, vestindo o roupão e calçando os chinelos, exclamou:

— São verdadeiros, também! Tudo isso existe, e eu não estou, não estou sonhando mesmo não!

Sua maior surpresa, no entanto, foi quando pegou os livros. Abrindo o mais bonito, encontrou na primeira página estas palavras: "Para a menina do sótão, lembrança de um amigo". Aí, não se conteve mais e rompeu em soluços.

— Quem poderá ser? Quem? — perguntava em voz alta, como querendo ouvir logo a resposta. Mas os soluços eram de alegria, e essa alegria acrescentou: — Seja quem for, tenho um amigo: alguém que se interessa por mim!

Seu deslumbramento e sua alegria eram grandes demais para que pudesse senti-los sozinha. Pegou a vela e foi correndo ao quarto de Becky:

— Becky! Becky, acorde!

Acordando sobressaltada, Becky sentou-se com um ar aturdido. No rostinho sujo em que ainda se via o sinal das lágrimas recentes, via-se também o espanto da menina ao notar sua companheira da Bastilha vestindo um lindo roupão de seda rosa, com o rosto transfigurado de alegria. E Becky não viu mais a prisioneira da Bastilha, mas a princesa de outrora, toda vestida de cor-de-rosa.

— Venha ver, Becky, venha! — foi só o que Sara soube dizer.

Quando chegaram ao quarto encantado, Sara fechou a porta com cuidado e levou Becky para o meio daquelas maravilhas, dizendo:

— E tudo é verdadeiro, Becky! Toquei em todos os objetos: são tão reais quanto nós mesmas. O Poder Mágico funcionou aqui, Becky, e transformou tudo enquanto dormíamos.

Talvez porque Becky a olhasse como a dizer que não acreditava que o Poder Mágico pudesse realizar um prodígio tão palpável, Sara lembrou que a dedicatória do livro não deixava dúvidas de que uma pessoa real era responsável por tudo aquilo, embora tudo parecesse mágica. E completou:

— Pode ter sido até um mágico... um mágico *de verdade*! Mas, de qualquer forma, foi inspirado pelo meu Poder Mágico, que nunca permite que aconteça o pior!

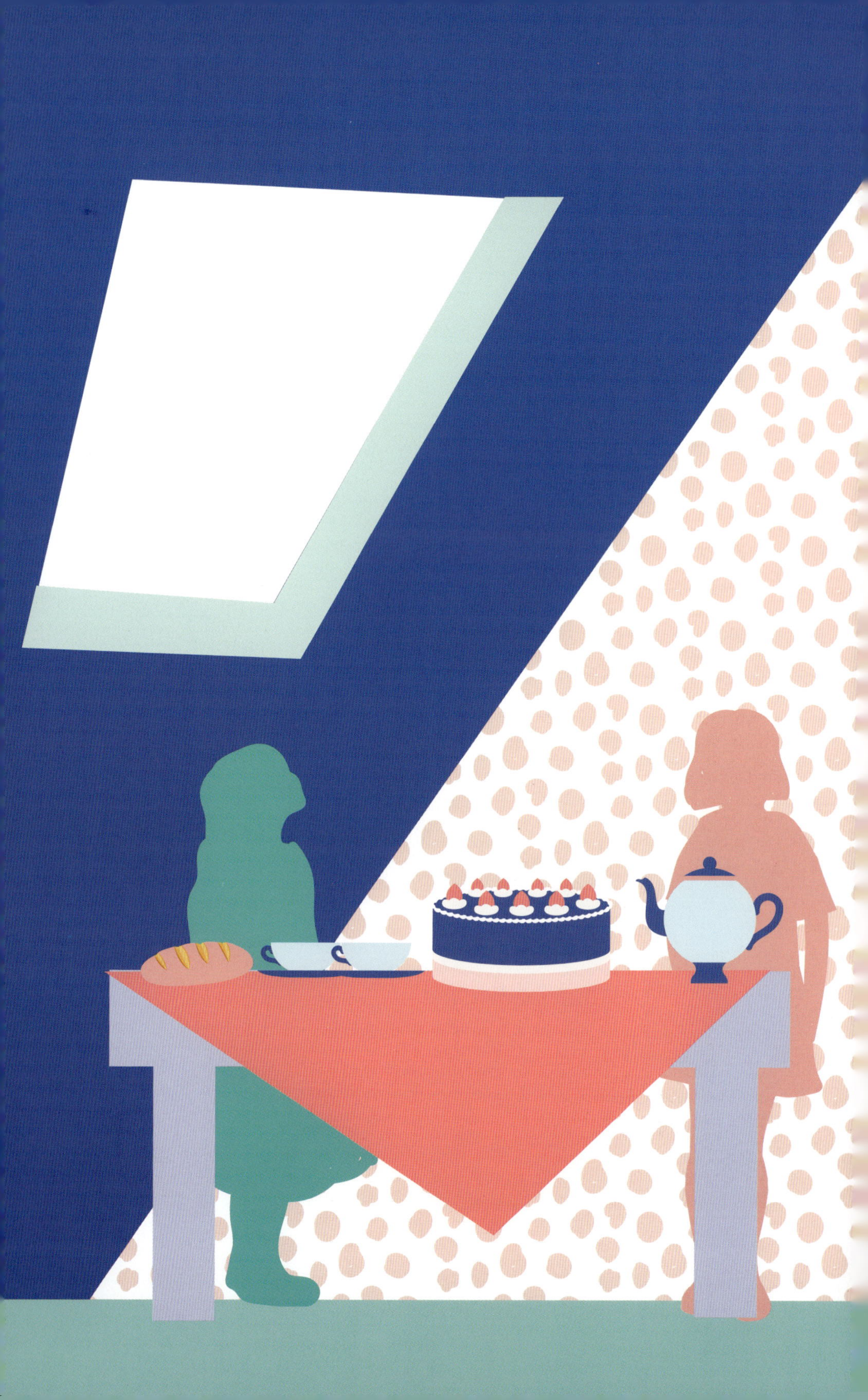

CAPÍTULO 16
O VISITANTE

Pode-se imaginar o que foi o resto daquela noite. Com que alegria as duas meninas levantaram as tampas das travessas e encontraram uma sopa quente, cheirosa, que já seria um jantar completo se não houvesse ainda os sanduíches, um pequeno assado e dois brioches! E tudo em tão boa quantidade que foi mais que suficiente para as duas. O copo de Sara serviu a Becky como xícara de chá, um chá tão delicioso que não foi preciso fazer de conta que ele fosse outra coisa além de chá mesmo.

Sara estava tão habituada a imaginar e fingir que as coisas que fazia de conta eram reais, que estava mais apta a aceitar que aquelas coisas maravilhosas fossem mesmo verdadeiras. Mas Becky não tinha seus hábitos, e ponderou baixinho, cheia de dúvida:

— Não seria melhor a gente se apressar e comer tudo de uma vez, antes que essas coisas desapareçam?

— Nada disso vai desaparecer, não, Becky. É tudo *de verdade*. Eu quase queimei a mão naquele fogo ali. E agora, estou comendo *mesmo* este brioche, e sentindo o seu gosto *de verdade*. Nos sonhos, a gente nunca come as coisas sentindo o gosto real. Não sei quem possa ter me trazido tudo isso, mas certamente foi alguém real. E seja quem for, esse alguém é meu amigo!

Pouco depois as meninas estavam alimentadas e felizes. E logo sentiam aquele calor agradável que envolve as crianças bem alimentadas e aquecidas, pois as duas foram da mesa para junto do fogo que brilhava, crepitava e procurava ser o mais bonito na lareira. E ali ficaram um bom tempo, gozando as delícias de um calor que seus corpinhos havia muito não sentiam. Até que Sara, olhando sua cama tão maravilhosamente transformada, achou que tinha cobertas suficientes para dividir com Becky. E a caminha estreita do quarto vizinho passou naquela noite a ser mais confortável do que a sua pobre ocupante jamais sonhara que ela pudesse vir a ser.

Antes de ir dormir, Becky parou na porta de Sara e olhou tudo com um olhar firme, enquanto dizia:

— Se tudo isso desaparecer amanhã, pelo menos esteve mesmo aqui esta noite. Não devemos nunca esquecer isso!

E começou a apontar cada coisa com o dedo, enquanto a olhava fixamente, como se quisesse gravar aquelas imagens definitivamente na memória. Por fim, apalpou o estômago e concluiu, sorrindo:

— E o que não está mais ali... já está aqui dentro, *de verdade*!

As notícias do primeiro episódio daquela noite espalharam-se logo de manhã cedo pelo colégio. Todas souberam que Sara Crewe caíra em desgraça, que Ermengarda estava sendo punida, e que Becky seria mandada embora naquele dia mesmo… se não fosse tão necessária. Onde Miss Minchin acharia outra criatura tão humilde e abandonada para trabalhar quase como uma escrava por um salário tão pequeno? Quanto a Sara, as maiores sabiam muito bem que a diretora a conservaria, igualmente por interesse. Tanto que Jessie disse a Lavínia:

— Ela cresce tão depressa, é tão inteligente e continua estudando tanto, que muito breve dará aulas no lugar de alguma professora. E Miss Minchin não lhe pagará nada por isso. Portanto, vai mantê-la. Não foi correto você contar à diretora que elas se divertiam no sótão, Lavínia… Como é que você soube?

— Lottie me disse. É criança, bobinha, e me revelou o segredo sem sentir. Mas acho que agi corretamente contando a Miss Minchin: era meu dever. Pois é um absurdo que Sara ande sempre com aquele ar superior, e todo mundo dê tanta importância a ela, que não passa de uma criada vestida de andrajos…

— Mas se a mandassem embora, para onde iria? — perguntou Jessie, ainda em tom de censura.

— Sei lá… — respondeu Lavínia de mau humor. — Vai ser até divertido observar se Sara virá à aula desta manhã com a mesma pose de antes. Ela não comeu ontem, nem comerá hoje. Quero ver…

Jessie era mais tola do que propriamente má:

— Pois eu acho isso desumano. Ninguém tem o direito de matá-la de fome…

Quando Sara entrou na cozinha pela manhã, a cozinheira olhou-a de lado, e as outras empregadas fizeram o mesmo. Mas ela passou rapidamente por todas. Ela e Becky tinham se levantado um pouco mais tarde do que de costume, desceram atrasadas e não haviam ainda se encontrado. Sara foi achar Becky esfregando uma chaleira, a cantarolar, alegre. Vendo a amiga, interrompeu a cantiga para sussurrar-lhe:

— O cobertor ainda estava lá quando acordei, senhorita!

— Tudo o mais no meu quarto também, Becky. Nada desapareceu, nada! Enquanto me vestia há pouco, ainda comi o que sobrou de ontem...

Becky ia falar do espanto que até agora a dominava, mas a cozinheira se aproximou e as duas se separaram.

Assim como Lavínia, Miss Minchin esperava encontrar no rosto de Sara o reflexo das humilhações da véspera. Sara fora sempre um enigma indecifrável, pois a diretora jamais conseguia que sua autoridade a dobrasse. Quando entrou na sala de aula, Sara tinha o passo leve, o rosto animado e um sorriso nos lábios. Era a coisa mais extraordinária — e irritante! — que Miss Minchin já vira... Ela ficou desapontada. De que matéria seria constituída aquela menina? O que significava tal atitude, e como se explicava aquela sua sensação de bem-estar? E a diretora perguntou, azeda:

— Você não percebeu que caiu em desgraça? Seu coração é tão duro assim?

Sara não pôde evitar que seus olhos refletissem uma secreta alegria, e respondeu a Miss Minchin com uma atitude respeitosa:

— Peço desculpas, Miss Minchin, mas sei que caí em desgraça.

Estupefata, a diretora retorquiu:

— É bom não se esquecer disso, hem? E será ainda melhor perder esses ares de quem acaba de receber uma herança. É mais uma impertinência sua! Lembre-se de que não poderá comer nada hoje.

— Já sei, Miss Minchin — respondeu Sara com polidez.

Durante o dia todo Sara mostrava um rosto radiante. As empregadas a observavam e cochichavam às suas costas. Quanto a Miss Amélia, cujos olhos azuis exprimiam mais espanto que nunca, não conseguia entender aquele ar fagueiro em alguém que, ainda na véspera, fora vítima da cólera de pessoa tão importante como a sua irmã diretora. Mas isso correspondia bem ao caráter decidido de Sara, que naturalmente pretendia enfrentar Miss Minchin até o fim. Também sem compreender o aspecto e a atitude de Sara, Lavínia disse a Jessie, com despeito:

— Garanto que está caindo de fome, mas na certa está "imaginando" que comeu e comerá tão bem quanto nós...

— Ela é diferente da gente, só pode ser... — sussurrou Jessie, confessando: — Eu às vezes chego até a temê-la, sabe?

Além de manter-se com altivez, Sara decidira também fazer todo o possível para conservar em segredo o que acontecera na segunda parte daquela noite fantástica. Se Miss Minchin voltasse a subir ao sótão certamente descobriria todas aquelas coisas maravilhosas, e estaria tudo perdido. Mas era pouco provável que a diretora fizesse uma próxima visita ao seu quarto, a não ser que alguém lhe contasse alguma coisa. Ermengarda e Lottie seriam de agora por diante fiscalizadas de tal maneira que não ousariam mais sair de suas camas à noite. E talvez até o Poder Mágico ajudasse a manter em segredo as maravilhas que ele próprio proporcionara. Tranquilizada com essa última ideia, Sara sentia-se feliz com a certeza de que, acontecesse o que acontecesse, existia em algum lugar um ser adoravelmente bom que era seu amigo. E pensou: "Ainda que nunca chegue a conhecê-lo, nem mesmo para apenas lhe agradecer, ao menos não me sentirei tão só!"

Embora não parecesse possível, o tempo nesse dia estava pior que na véspera: mais frio, mais úmido, mais nevoento. Havia mais compras a fazer, a cozinheira estava mais irritada e, sabendo que Sara caíra em desgraça, mostrou-se mais grosseira que de costume. Mas que importava tudo isso? A ceia da noite anterior dera a Sara forças físicas, e o próprio acontecimento em si lhe dera forças ao espírito, forças que eram maiores cada vez que ela lembrava que poderia dormir bem a noite seguinte. E, assim reconfortada, quando começou a sentir fome encontrou ânimo para esperar até o dia seguinte, quando lhe permitiriam comer de novo normalmente, passado o castigo.

Era muito tarde quando voltou ao sótão. Ficara estudando na sala de aula, e seu novo ânimo lhe dera forças para permanecer mergulhada nos livros até muito além da hora habitual. Mas seu coração batia mais forte, conforme se aproximava da porta do quarto. Embora tivesse acreditado em tudo, uma dúvida semelhante à de Becky a perturbava: "Quem sabe se tudo não foi levado tão misteriosamente como foi trazido?" Tomou coragem, abriu resolutamente a porta e olhou para dentro do quarto. Deu um grito de alegria, pois sua surpresa foi maior que na véspera: o Poder Mágico — ou, quem sabe, um mágico em carne e osso? — voltara e fizera outras mudanças. O fogo estava aceso, mais forte e crepitante que na véspera. E o resto do seu quarto estava completamente transformado!

Na pequena mesa, uma nova ceia — e dessa vez Becky não fora esquecida — estava servida para duas pessoas. E tudo mais que era feio no quarto fora melhorado ou disfarçado: ricos panos bordados, leques e quadros enfeitavam as paredes. Além de dois lindos pufes de couro que surgiram em lugar do tamborete velho, havia também uma arca de madeira coberta com um tapete oriental e algumas almofadas, para servir de sofá.

Sara correu à parede, para chamar Becky pelo código das batidas. Quando entrou, Becky quase caiu para trás:

— É um milagre dos céus! É a bondade divina, senhorita!

Nessa noite cada uma se sentou num dos pufes diante do fogo, depois da ceia em que Becky teve pratos, xícara e talheres iguais aos de Sara. E também nessa noite descobriram ainda outro colchão e mais travesseiros, que foram levados para o quarto de Becky. E ela perguntava sem cessar:

— Mas de onde será que vem tudo isso?

— Não procuraremos saber! — respondia Sara, prosseguindo com seu modo de pensar original: — Prefiro ignorar, já que não posso descobrir para agradecer. E além do mais, quanto maior for o mistério mais encanto terá tudo isso, não acha?

Desde então, Sara passou a viver de surpresa em surpresa. Cada dia havia algo de novo para que ela, ao abrir a porta à noite, encontrasse seu quarto mais confortável e bonito. Em pouco tempo, aquele pequeno cômodo do sótão transformou-se num quarto encantado cheio de objetos diferentes, preciosos e, alguns, até raros. Quadros e tapeçarias quase faziam desaparecer as velhas paredes feias, onde até uma estante apareceu cheia de livros atraentes. E toda a noite a mesa estava posta com uma gostosa ceia; e cada dia — enquanto Sara se ausentava — os restos dessa ceia eram tirados misteriosamente e outra ceia era encontrada na mesa, quando Sara voltava!

Assim, Miss Minchin poderia ser cada vez mais amarga e severa, Miss Amélia mais boba ou indiferente, e as empregadas mais vulgares e grosseiras. Que importavam a Sara esses pormenores, se ela vivia um conto de fadas? Quando ralhavam com ela, custava reprimir um sorriso que acompanhava o pensamento: "Ah, se elas soubessem! Se soubessem…"

O conforto e a felicidade de que agora gozava proporcionavam a Sara uma segurança que a fazia enfrentar tudo com tranquilidade. Em pouco tempo estava menos magra e pálida, e seus belos olhos cinza-esverdeados já não pareciam grandes demais para o seu rosto. Como se estivesse lamentando isso, Miss Minchin comentou com a irmã:

— Sara Crewe está muito bem-disposta…

— Sim — concordou Miss Amélia, sem atentar no que dizia: — Está engordando. A coitadinha já estava parecendo um pobre pássaro faminto…

— Faminto?! — berrou Miss Minchin, furiosa. — Por que "faminto"? Não haveria razão para ela parecer "um pássaro faminto"... Ela sempre teve a alimentação necessária.

— Ah, sim, sem dúvida... — corrigiu Miss Amélia com humildade e medo, alarmada por perceber que, como sempre, dissera o que não devia.

A diretora prosseguiu:

— É muito desagradável ver-se tal espécie de coisa numa criança da idade dela.

— Que espécie de coisa? — aventurou Miss Amélia.

— Isso que ela demonstra sempre, e que chega a ser uma provocação, um desafio! Qualquer outra criança teria tido o seu ânimo e a sua vontade vencidos pelas... pelas mudanças a que ela tem sido submetida. E, no entanto, ela parece cada vez mais altiva, tão altiva quanto uma princesa!

Na verdade, Miss Minchin se sentia incomodada porque sabia que não era absolutamente provocação nem desafio o que ela via em Sara. Mas não encontrava outro termo desagradável para qualificar a atitude da menina. E Miss Amélia outra vez foi inábil:

— Você se lembra, irmã, do que ela lhe disse aquela vez, na sala de aula?

Miss Minchin não gostou.

— Não, não lembro. E chega de conversar sobre Sara Crewe!

Mas ela lembrava, sim, e muito bem.

As duas velhas irmãs não comentaram, mas Becky também engordava, e já não era aquela criaturinha aflita e sempre assustada. Possuía agora dois colchões, dois travesseiros, várias cobertas, e todas as noites tinha uma ceia bem quente e um pufe perto da lareira quente. E no sótão já não se falava mais em Bastilha. Elas eram agora duas meninas felizes, e algumas vezes Sara lia em voz alta para Becky belas histórias de seus livros novos. Quando não, ficava ao lado da amiga olhando o fogo, imaginando quem poderia ser o seu bom e misterioso amigo. E desejava conhecê-lo um dia, para poder exprimir-lhe todo o seu reconhecimento.

Certo dia, um portador trouxe ao colégio vários embrulhos com um cartão com letras bem grandes: "PARA A MENINA DO SÓTÃO, À DIREITA". Por coincidência, foi a própria Sara quem o atendeu. Quando colocou o embrulho sobre a mesinha do vestíbulo e leu o cartão, ficou paralisada pelo assombro. E foi assim que a surpreendeu Miss Minchin. Ainda descendo a escada, a diretora ordenou-lhe:

— Leve logo esses embrulhos à aluna a quem são destinados! Não fique aí olhando o cartão, como uma boba...

Saindo do espanto, Sara respondeu com calma:

— É para mim que são destinados, Miss Minchin.

— Para você? Como?

— Não sei. Mas estão endereçados a quem mora no sótão, à direita. E Becky mora no quarto da esquerda.

Intrigadíssima, Miss Minchin correu a examinar cartão e embrulhos. E perguntou:

— O que é que contêm?

— Não sei.

— Pois abra-os!

Sara obedeceu. Conforme os embrulhos eram abertos, o rosto da diretora ia se contraindo numa expressão singular, de espanto e incredulidade. Os embrulhos continham várias roupas elegantes e de qualidade, e ainda sapatos, luvas e um casaco bem forrado; como também um lindo chapéu impermeável e um guarda-chuva. E tudo de muito bom gosto. Preso por um alfinete ao bolso do casaco, descobriram um papel com as palavras: "Usar todos os dias. Serão renovados quando necessário."

Miss Minchin estava perplexa. No seu espírito interesseiro e cheio de cobiça, estranhos pensamentos surgiram, aos montes. Teria se enganado em relação a Sara? Essa menina abandonada não teria algum poderoso e original amigo, apesar das aparências em contrário? Ou seria algum parente ignorado por elas, que descobrira o paradeiro da menina? Fosse quem fosse, era alguém que preferia velar de longe pela sua protegida. Alguém que, sem dúvida, era rico. E minucioso, a julgar pela forma como presenteava a menina. E sendo rico e minucioso, certamente havia de ser suscetível e irritável. Não seria nada agradável ter uma discussão com ele, caso ela tivesse que esclarecer os maus-tratos infligidos a Sara. Poucas vezes na vida a diretora sentiu-se tão embaraçada. Na sua indecisão, lançou um olhar enviesado para Sara. E, a contragosto, falou-lhe de uma maneira que nunca mais empregara desde que a menina perdera o pai:

— Pois muito bem: você tem um protetor que é muito dedicado e bom para você! Já que essas roupas lhe foram dadas e há o aviso de que terá outras quando ficarem velhas, pode vesti-las imediatamente. Depois desça à sala de aula para estudar suas lições com as outras. Você não fará compras hoje!

Meia hora mais tarde, quando a porta da sala de aula se abriu e Sara entrou tão bem vestida, todas as alunas emudeceram. Não era mais aquela Sara que tinham visto descer as escadas para o serviço, algumas horas antes! Usava um vestido do mesmo gênero dos que Lavínia tanto invejara antes, de corte perfeito, e de uma cor que lhe ficava muito bem. Seus pequenos pés voltavam a ser os que Jessie admirava, e seus cabelos estavam presos com uma linda fita, não mais caídos em desordem. Jessie murmurou por trás dos livros:

— Será que recebeu alguma herança? Não disse sempre que aconteceria algo de extraordinário com ela? Ela é muito estranha…

Sem perder seu tom sarcástico e sem esconder o despeito, Lavínia retrucou:

— Vai ver que as minas de diamantes reapareceram... Não fique olhando assim que ela vai ficar convencida, "sua" boba!

E Miss Minchin falou quase da mesma forma que no primeiro dia:

— Sara! Venha sentar-se aqui.

Enquanto todas as alunas a encaravam num silêncio de assombro, e se cutucavam umas às outras, Sara dirigiu-se tranquilamente para o antigo lugar de honra, perto da diretora. Sentou-se, e fixou o olhar nos livros.

À noite, de volta ao quarto e depois de ter ceado com Becky, ficou sentada e pensativa, olhando o fogo. Becky perguntou, intrigada:

— Está inventando alguma história para contar, senhorita?

Sara balançou a cabeça.

— Não, Becky. Estou tentando imaginar o que devo fazer. Não posso deixar de pensar nesse meu amigo, tão bom quanto desconhecido. Se ele quer permanecer anônimo, se não manda dizer quem é, acho que seria indelicado da minha parte procurar descobrir seu nome. Mas gostaria que soubesse como lhe sou grata, e o quanto me tornou feliz. Tenho certeza de que, sendo um homem bom, ficará satisfeito ao saber que sua generosidade me tornou realmente feliz. Eu gostaria de...

Não completou a frase porque seus olhos bateram num objeto que ainda não vira, e que lhe deu uma ideia luminosa. Era um estojo contendo caneta, tinteiro, envelopes e papel de carta. E logo instalou-se para escrever junto à lareira.

— Por que não pensei nisso antes, Becky? Posso escrever e deixar a carta sobre a mesa, endereçada ao meu amigo. A pessoa que vier... será sempre o mesmo que vem? A pessoa que vier buscar os restos desta ceia levará a carta. Não farei nenhuma pergunta, e meu amigo, ao lê-la, verá que não desejo incomodá-lo nem descobrir sua identidade, mas apenas enviar-lhe meus agradecimentos.

Eis o que escreveu, a seguir:

Espero não ser impertinente ao lhe dirigir esta cartinha apesar do seu empenho em permanecer desconhecido. Não estou tentando descobrir a sua identidade, pois quero apenas agradecer a sua bondade para comigo, fazendo tudo isso parecer um conto de fadas. Estou tão agradecida e tão feliz... E Becky também está. Nós duas vivíamos tão sozinhas, e tínhamos tanta fome, tanto frio, que nem sabemos agradecer tudo que tem feito para nos alegrar. Mas tenho que lhe dizer ainda, pelo menos, umas palavras: Obrigada... obrigada!

A Menina do Sótão, à Direita

Na manhã seguinte, Sara deixou a carta bem à vista entre os pratos da mesa. E, com efeito, quem entrou e misteriosamente tirou as travessas e tudo o mais da ceia anterior levou a carta também. À noite, Sara encontrou a mesa com nova ceia, como sempre, e a carta não estava mais lá. Assim, ela teve a certeza de que seu amigo a recebera. E esse pensamento a alegrou.

Naquela mesma noite, quando lia em voz alta para Becky, sua atenção foi despertada por um barulho vindo lá de fora, perto da abertura do teto. Becky também ouviu, e confirmou assustada:

— Tem alguém ou alguma coisa mexendo lá em cima, sim, senhorita...

— É, parece um gato arranhando a vidraça para entrar.

Sara pulou do pufe, subiu na mesa, abriu o postigo de vidro e olhou o telhado. Tinha nevado o dia todo, e ela percebeu no fundo branco do telhado um vulto conhecido, que já invadira seu quarto uma vez.

— É o macaquinho, que fugiu do quarto do "lascar" de novo!

Becky se amendrontou.

— A senhorita vai deixar ele entrar aqui?

— Certamente. Lá fora está muito frio para um animalzinho como ele.

Esticando o braço para fora com cuidado, Sara falou ao macaco com a mesma voz e o mesmo jeito que usava para entender-se com os pardais e com Melchisedec. Parece que seu coração afetuoso era perfeitamente entendido pelos animais, pois o macaquinho se aproximou e deixou-se apanhar facilmente. E parecia sentir-se tão à vontade nos seus braços como nos de Ram Dass. Talvez para agradecer por ter sido trazido para dentro do quarto bem menos frio que lá fora, o bichinho passou os braços em volta do pescoço de Sara e ficou olhando-a de frente. E quando ela o levou para perto da lareira, sentou-se e o pôs sobre os joelhos, ele passou a olhar para ela e para Becky, parecendo interessar-se pelas duas. Estava evidentemente muito feliz de ser posto junto ao fogo. Mas Becky ainda receava:

— Não é um bicho mau, senhorita?

— Não, Becky... Ele parece é com uma criancinha muito feia. — Depois, com um risinho de brincadeira, dirigiu-se ao macaco: — Desculpe, macaquinho, mas se você fosse uma criança, sua mãe não ficaria nada orgulhosa da sua beleza, não. Mas eu gosto de você assim mesmo, sabe?

— O que é que vai fazer com ele aqui no sótão, senhorita?

— Vou mantê-lo aqui, esta noite. E amanhã, logo que puder, eu o levarei ao nosso vizinho. — E, como se estivesse certa de que o bicho a entendia: — Tenho pena de devolvê-lo, macaquinho, mas não podemos ter você aqui. E você tem que ir, pois lá é que é sua casa.

Antes de deitar-se, Sara fez para ele um "berço" de almofadas aos pés de sua cama. E ele se enroscou todo e adormeceu ali como se fosse uma criancinha muito feliz com sua nova moradia.

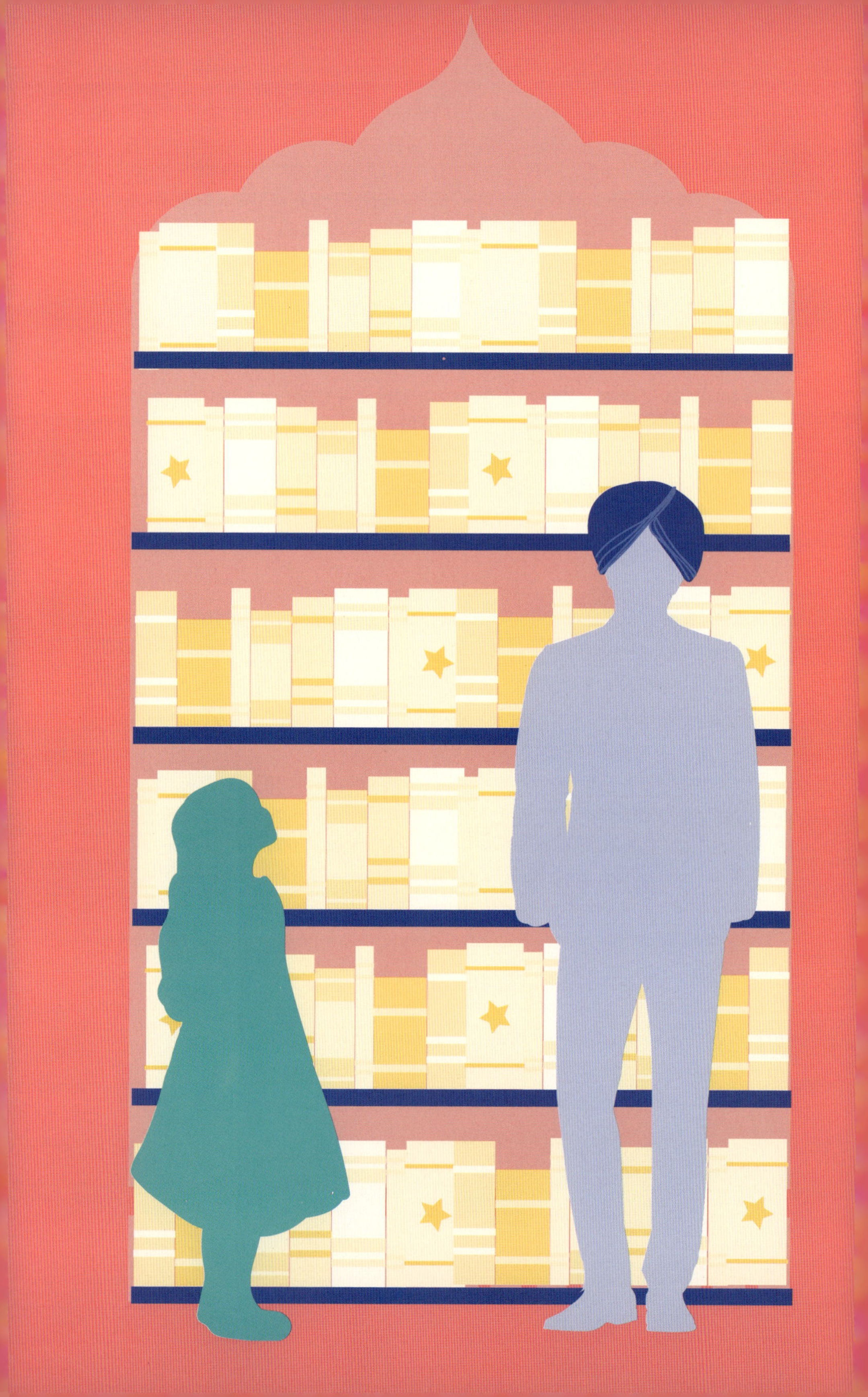

CAPÍTULO 17
"É ESTA A CRIANÇA!"

Na tarde seguinte, alguns membros da "Grande Família" estavam na biblioteca do Sr. Carrisford, fazendo o possível para distraí-lo. Já havia algum tempo que ele vivia num estado de dolorosa expectativa; e esperava para aquele dia a chegada do Sr. Carmichael, cuja estada em Moscou se prolongara por várias semanas: não encontrara logo a família de russos que fora procurar e, ao conseguir seu endereço, os vizinhos informaram que os moradores daquela casa estavam viajando. Não podendo segui-los, tivera de ficar em Moscou esperando que voltassem.

Reclinado numa poltrona, o Sr. Carrisford pensava, enquanto as crianças brincavam à sua volta. Em dado momento, a menina mais velha ralhou com um dos irmãos:

— Não faça tanto barulho, Donald! — E, virando-se para o dono da casa: — Talvez o nosso modo de distraí-lo seja muito barulhento, não?

O Sr. Carrisford sorriu e respondeu, melancólico:

— Não, meu bem. O barulho de vocês até é bom, porque não me deixa pensar muito...

— O senhor está sempre pensando na menina perdida que procura, não é?

— E como poderia eu pensar em outra coisa?

A menina a quem Sara batizara de Liliane aproximou-se:

— Nós gostamos muito dela, mesmo sem conhecê-la. Sabe que já lhe demos até um nome? É "A Princesa Das Fadas Que Não Era Fada"!

— E por que esse nome tão comprido? — indagou o Sr. Carrisford, a quem as ideias da garotada divertiam sempre.

— Porque mesmo não sendo uma fada, quando a encontrarem ela será tão rica que parecerá uma princesa de um conto de fadas — explicou a mesma menina.

E o garoto maior acrescentou:

— No princípio, nós a estávamos chamando de "A Princesa Encantada". Mas não soava bem...

Nesse ponto a atenção de todos foi desviada para a rua, pois ouviram que um carro parava à porta da casa. Uma das meninas, que brincava sozinha, exclamou:

— Está chegando um carro. Deve ser papai!

Donald correu à janela e olhou para fora, confirmando:

— É papai, sim. Mas não trouxe menina nenhuma...

As crianças se precipitaram para o vestíbulo, e o Sr. Carrisford ficou só e mais abatido ainda, na biblioteca. Logo ouviu a voz do amigo que, depois de saudar os filhos, se aproximava dizendo-lhes:

— Agora, meus filhos, vão brincar com Ram Dass. Podem voltar mais tarde, pois preciso conversar a sós com o Sr. Carrisford.

Ao entrar na biblioteca, seus olhos imediatamente exprimiram a tristeza e o desapontamento que sentia ao deparar com o Sr. Carrisford olhando-o cheio de ansiedade. Apertaram-se as mãos. O dono da casa logo quis saber:

— Então? E a criança que os russos adotaram?...

— Infelizmente, não é a menina que procuramos… — respondeu o Sr. Carmichael. — É muito mais moça que a filha do Capitão Crewe. E se chama mesmo Carew, Judith Carew, e não Crewe. Eu a vi e falei com ela. E os russos me deram todos os detalhes que provam que ela não é a filha de Ralph Crewe.

Que tristeza e que desalento se refletiam no rosto do Sr. Carrisford! Sua mão largou a do outro, e ele apenas murmurou:

— Então é preciso recomeçar as buscas. Sente-se, por favor.

O pai da "Grande Família" se sentou. Ele que era tão feliz, rodeado de tantas alegrias e da ternura que a família lhe proporcionava, já se sentia ligado ao sofrimento daquele homem cuja doença e solidão pareciam impossíveis de suportar. E procurou o seu tom mais jovial, para animar o outro:

— Vamos, vamos, nós a encontraremos!

— Pois então devemos recomeçar as buscas sem demora — disse o Sr. Carrisford, desconsolado. — Tem algum plano a me sugerir, seja qual for?

Um tanto constrangido, o Sr. Carmichael pareceu hesitar em dizer o que pensava. Levantou-se e passou a caminhar de um lado para o outro. Procurava a melhor maneira de expor sua ideia e finalmente começou, inseguro:

— Pois bem… Talvez… Não sei se dará certo, mas foi o que me passou pela cabeça quando pensava no caso, no trem que me trazia de Dover…

— Sim, mas qual é a ideia? Se a menina está viva, há de estar em algum lugar…

— Claro, há de estar em algum lugar… Mas qual? E como, antes de ir a Moscou, já pesquisamos todos os internatos de Paris, porque não deixar Paris de lado e… fazer o mesmo aqui, em Londres? Você já me disse que não tem nada de concreto para justificar sua suposição de que ela estivesse em Paris…

— Nem muito menos em Londres… E, além do mais, há internatos demais nesta cidade… — retrucou com desânimo o Sr. Carrisford. Mas logo uma ideia passou pela sua mente: — Por sinal, há um aqui mesmo, ao lado…

O Sr. Carmichael mostrou-se entusiasmado, mais para levantar o ânimo do amigo:

— Pois comecemos por este! Não poderíamos começar por nada mais perto do que a porta da casa ao lado!

O outro comentou, com um sorriso melancólico:

— Engraçado: há neste colégio uma menina que até me tem interessado. Mas nem é uma aluna, é uma criada. Magra, maltrapilha, é uma pobre criança rejeitada e melancólica, completamente diferente do que poderia ser a nossa Sara Crewe...

Que ironia do destino! Parece até que o tal Poder Mágico de Sara começava a funcionar. Porque ao mesmo tempo em que o Sr. Carrisford desprezava a pista certa, o silencioso Ram Dass entrava na sala, ainda a tempo de escutar a última frase do patrão. O "lascar" inclinou-se respeitosamente e falou:

— *Sahib*, a menina de quem acaba de falar, aquela de quem *Sahib* tem pena, está aí na porta. Veio trazer o macaquinho, que fugiu e se refugiou no seu quarto, novamente. Talvez o *Sahib* tivesse prazer em conversar com ela e ver como está bem vestidinha e corada.

— Mas quem é ela? — perguntou o pai da "Grande Família".

— Sabe-se lá... — respondeu o Sr. Carrisford evasivamente. — É a menina de quem acabei de falar: uma criada, quase uma escrava do colégio ao lado. É uma boa ideia, Ram Dass! Faça-a entrar.

E enquanto Ram Dass foi buscar Sara, que fizera ficar esperando na porta, o dono da casa contou ao outro:

— Certa noite, quando fechava as cortinas e a viu passar tremendo de frio, Ram Dass falou-me da triste vida dessa criança. E arquitetamos um plano para melhorá-la. Talvez tenha sido uma ideia tola, mas serviu para nos ocupar e distrair-nos. E para alegrá-la, naturalmente. Mas só foi possível executarmos o plano porque Ram Dass é um oriental esperto, agilíssimo e de pés tão leves quanto um gato.

Nesse momento, o criado entrou com Sara. Ela trazia nos braços o macaco, que parecia não querer se separar dela. Como parecia também que a menina não pretendera demorar tanto, e, muito menos, ser levada diante daqueles dois senhores. Mas estava calma, e falou com desembaraço:

— Seu macaquinho fugiu pela segunda vez, ontem à noite. E foi bater no meu quarto. Botei-o para dentro, porque estava muito frio. Eu o teria trazido imediatamente, se não fosse tão tarde. Sabendo que o senhor está doente, preferi não perturbá-lo àquela hora. E hoje, só agora tive jeito de vir...

O dono da casa a olhava com carinho e interesse, ao dizer:

— É muito amável de sua parte...

Vendo Ram Dass ainda ali junto à porta, Sara perguntou:

— Quer que eu o entregue ao "lascar"?

Com um sorriso intrigado, o Sr. Carrisford perguntou:

— Como você sabe que ele é um "lascar"?

— Ah, eu conheço os "lascars"! — exclamou Sara enquanto entregava o macaquinho a Ram Dass. — Eu nasci na Índia.

Apesar do seu estado, o Sr. Carrisford deu um pulo na poltrona, e o outro, também espantado, notou que a expressão do amigo mudara completamente. Os dois senhores se entreolharam, e passaram a observá-la minuciosamente. Sara se sentiu completamente embaraçada.

— Você nasceu na Índia? — perguntou o Sr. Carmichael, animado.

— De verdade? — completou o dono da casa, com os olhos brilhando. E, estendendo a mão para Sara: — Aproxime-se!

Sara obedeceu. E colocou sua mão nas dele, pois seu gesto indicava que ele queria segurá-la. Ficaram todos imóveis por um instante, enquanto os olhos cinza-esverdeados da menina fixavam os do doente. Ele parecia tão emocionado! Tanto que começaram um diálogo muito rápido, enquanto se olhavam nos olhos:

— Você mora aqui ao lado?

— Sim, moro no colégio de Miss Minchin.

— Você é empregada dela?

— Primeiro, eu era uma aluna como as outras. Mas agora...

— Você *era* uma aluna? E agora?

— Durmo no sótão, ao lado da empregada da cozinha. Faço as compras para a cozinheira e tudo mais que me mandam. E ensino francês às menores...

A cada revelação de Sara o homem fora se perturbando de tal forma que, à última frase, largou-se na poltrona como se estivesse esgotado. E pediu ao outro:

— Continue, Carmichael. Continue porque eu realmente não posso!

A tensão do ambiente era grande, porém era maior a surpresa de Sara pela emoção incomum do dono da casa. O pai da "Grande Família", também emocionado, tomou a palavra. E notou-se logo que ele já adquirira grande prática de interrogar meninas, pois usou da maior habilidade, sem ir direto à questão:

— O que é que você quis dizer com "Primeiro"?

— Ah, quando falei do colégio? "Primeiro", quer dizer... No princípio, antes de meu pai morrer. Ele perdeu tudo que tinha e morreu. Como não havia ninguém para se interessar por mim e pagar a Miss Minchin...

— Fizeram de você uma criada e a mandaram para o sótão. Não foi mais ou menos isso?

— Foi.

O Sr. Carrisford já não se continha, e tomou a palavra:

— Como seu pai perdeu o dinheiro que tinha? Você sabe?

Cada vez mais intrigada com tal interrogatório que lhe parecia descabido, Sara não escolheu as palavras com que respondeu:

— Não foi ele, propriamente. Ele tinha um amigo em quem confiava muito, e foi esse amigo quem perdeu o dinheiro. Papai confiava muito nele, mas o amigo desapareceu...

Os dois homens se entreolharam, constrangidos. E o pai da "Grande Família" ponderou:

— Talvez o amigo não pretendesse prejudicá-lo, e tudo tenha acontecido por um terrível mal-entendido.

— Mas para meu pai o sofrimento foi o mesmo. E acabou matando-o.

Sara nem sequer suspeitava de que aquele homem doente era o seu benfeitor secreto, e, muito menos, que ele era também o amigo de seu pai a quem ela se referia. Portanto, não percebeu o quanto aquelas palavras o feriam. Mas notou perfeitamente que os dois senhores a ouviam de forma estranha, como se não pudessem acreditar no que ela dizia. No entanto, o pai da "Grande Família" fez-lhe a última pergunta já como quem não tinha mais dúvida sobre a resposta que ouviria, embora essa resposta parecesse inacreditável:

— E como se chamava seu pai?

— Ele se chamava Ralph Crewe. Capitão Ralph Crewe. Morreu na Índia.

O rosto agora impressionado do Sr. Carrisford se contraiu bruscamente, e Ram Dass aproximou-se, rápido, para socorrê-lo. Num esforço, o doente exclamava repetidamente:

— É ela, Carmichael! É esta a criança! É esta a menina!

Por alguns instantes, Sara pensou que ele fosse morrer. Rapidíssimo, Ram Dass derramou algumas gotas de um vidrinho num copo e aproximou-o dos lábios de seu *Sahib*, fazendo-o beber. Sara mantinha-se parada, de pé, mas estava trêmula. Com um ar amedrontado, perguntou ao Sr. Carmichael:

— Mas quem... que criança sou eu?

O Sr. Carmichael cuidou de tranquilizá-la e explicar:

— Não se assuste, meu bem. Era ele o amigo de seu pai! E há anos que a procuramos para entregar-lhe a fortuna que lhe cabe, pois as minas agora rendem muito dinheiro!

Sara teve uma tonteira, e pôs as mãos na testa. Seus lábios tremiam. E ela falou como se estivesse sonhando:

— E todo esse tempo eu estava no colégio de Miss Minchin, ali do outro lado da parede!...

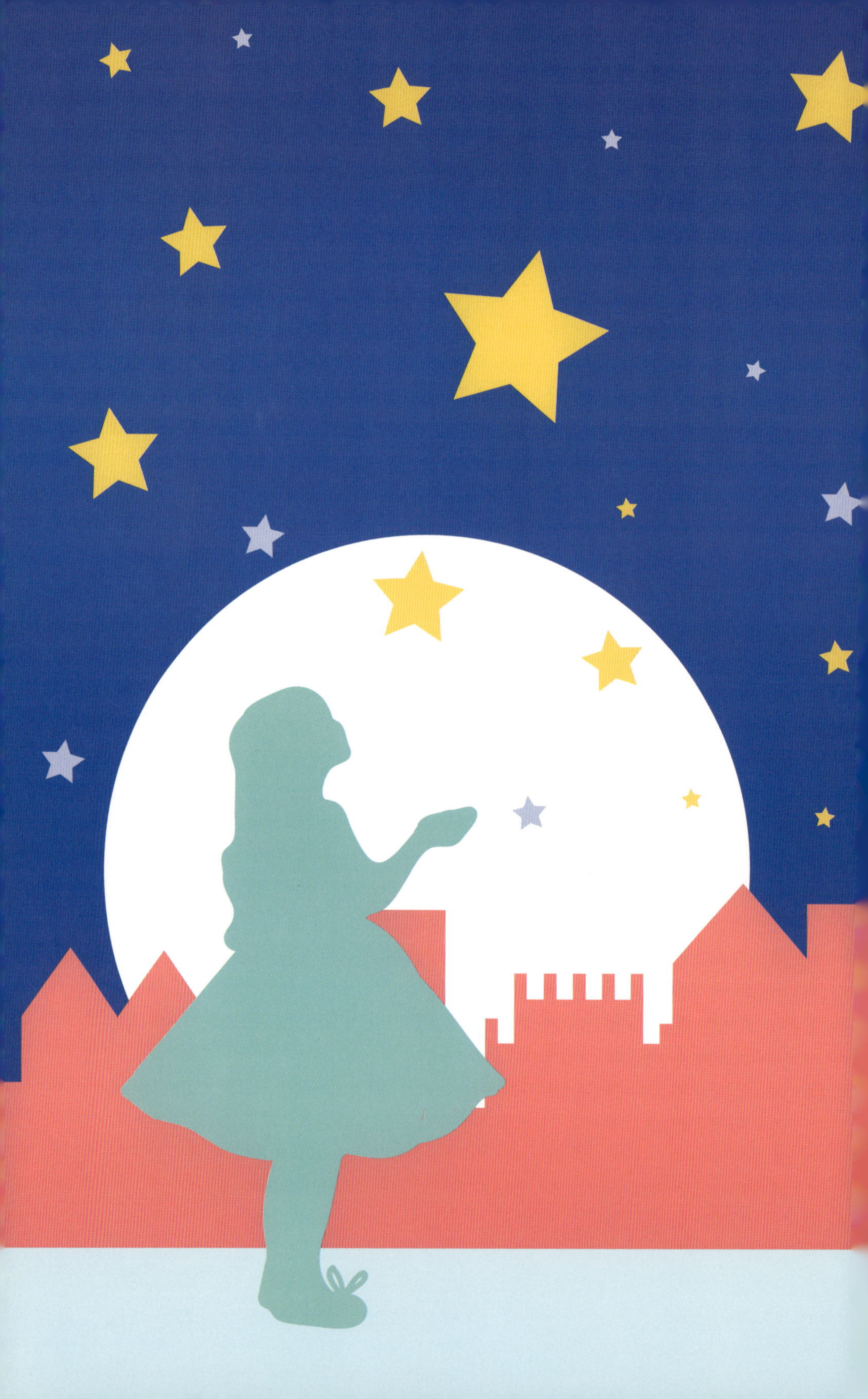

CAPÍTULO 18
"EU SEMPRE TENTEI!"

A simpática e serena mãe da "Grande Família" é que explicaria mais tarde a Sara os detalhes de tudo que realmente acontecera. Para isso, sua filha mais velha foi chamá-la às pressas. O choque da descoberta tão inesperada foi quase fatal ao Sr. Carrisford, devido a sua tensão e estado de fraqueza. Voltando de casa, a menina informou e sugeriu:

— Mamãe vem já! Enquanto isso, Sara pode ficar conosco na outra sala.

E levou Sara, enquanto o Sr. Carrisford dizia com voz fraca ao pai da "Grande Família":

— Confesso que tenho medo de perdê-la de vista, mesmo por um instante apenas...

Apesar de pequeno ainda, Donald olhou Sara com um olhar pensativo e um ar de tristeza pelo tempo perdido, quando comentou:

— Se eu tivesse perguntado como era seu nome, naquele dia da moeda, você tinha respondido que era Sara Crewe e papai tinha achado você logo...

E as outras crianças contaram a Sara que já gostavam dela desde aquele dia, e que já haviam falado dela ao pai, mas sem saber-lhe o nome. Logo a seguir chegou a Sra. Carmichael, muito emocionada. Tomou Sara nos braços e a beijou com ternura, dizendo:

— Por que esse arzinho assustado, minha querida? Tudo está bem!

Sara estava realmente bastante abalada, e perguntou, num sussurro:

— E ele? — E apontou para a porta da biblioteca, completando: — Ele é que foi o mau amigo de meu pai?

A Sra. Carmichael não pôde evitar as lágrimas, e apertou Sara nos braços antes de responder. Parecia-lhe que era preciso acariciar muito aquela pobre criança que por tanto tempo fora privada de ternura. Logo que pôde, explicou:

— Ele não foi mau, minha querida, e não perdeu o dinheiro de seu pai. Apenas pensou que havia perdido tudo; o dinheiro de seu pai e o dele próprio. Com o desgosto que teve, o Sr. Carrisford adoeceu com uma febre terrível e perdeu a memória. E antes que ele se recuperasse o seu pai morreu, vitimado pela mesma doença. Mas tão logo recobrou a memória, o Sr. Carrisford passou a procurá-la incessantemente.

Ao que Sara ajuntou, com um tom amargo:

— Ele não sabia onde me encontrar, e, no entanto, eu estava tão perto...

— É que ele julgava que você tivesse sido internada num colégio de Paris! E perdeu muito tempo com informações e pistas erradas. Mas sempre a procurou, com o maior interesse. Quando a víamos passar tão triste e infeliz, nem nós nem ele sequer suspeitávamos que você fosse a filha do

Capitão Crewe. Mas tanto o Sr. Carrisford é um homem bom que, mesmo sem saber quem você era, e apenas por ver que você era uma menina pobre e sofria, teve pena e quis torná-la feliz: foi ele quem mandou Ram Dass subir pelo telhado e fazer-lhe aquelas surpresas todas!

A alegria de encontrar inesperadamente o seu amigo desconhecido substituiu as emoções confusas que Sara tivera nos últimos momentos. Seu rosto iluminou-se.

— Então era Ram Dass quem levava tudo aquilo para o meu quarto? E é a este senhor que devo o que tenho? Foi ele quem realizou esse sonho para mim?

— Sim, minha querida. Ele é bom e generoso. E, sempre pensando na sorte da pequena e desaparecida Sara Crewe, teve pena do seu sofrimento. Sem saber que você era a menina que ele tanto ansiava encontrar!

Naquele momento abriu-se a porta da biblioteca. O Sr. Carmichael apareceu e fez sinal para Sara entrar.

— O Sr. Carrisford já está melhor e quer vê-la.

Sara não perdeu tempo. O antigo sócio de seu pai notou que a menina entrava com uma expressão bem mais feliz e amistosa que antes, pois chegou-se a ele com as mãos postas, ao dizer:

— Foi o senhor quem me deu coisas tão lindas?

— Sim, minha menina, fui eu.

Ele estava fraco, e com visíveis sinais da doença e de tantos padecimentos. Mas ela percebeu nos seus olhos o brilho que lembrava ver sempre nos olhos do pai; e que expressava seu afeto por ela e sua vontade de abraçá-la. Isso a fez ajoelhar-se ao lado dele, exatamente como fazia diante do pai.

— Então é o senhor o meu amigo secreto! O meu amigo mágico!

E, comovida e grata, pegou a mão pálida daquele homem e a beijou muitas vezes.

Contentíssimo, o Sr. Carmichael comentou à parte, com a esposa:

— Ele será o mesmo homem de outrora dentro de muito pouco tempo! Olhe como seu rosto já está mudado.

Com efeito, o Sr. Carrisford já não parecia o mesmo. A tão procurada "fadinha" tinha sido encontrada, e ele perdia o peso que lhe oprimira tanto tempo o coração. E ganhava alguém a quem se dedicar e para dedicar-se a ele. Assim como passava a ter desde já uma porção de coisas para planejar e executar.

Em primeiro lugar, havia Miss Minchin. Era preciso falar com ela e informá-la da inesperada reviravolta no destino de Sara. Foi resolvido, de imediato, que Sara nem voltaria mais ao internato. O Sr. Carrisford decidiu que ela permaneceria em sua casa enquanto o Sr. Carmichael iria falar com a diretora do colégio.

— Estou feliz de não ter que voltar mais para lá! — confessou Sara, acrescentando: — Ela vai ficar zangada, pois não gosta nada de mim... Talvez eu tenha alguma culpa, mas também não gosto dela.

O mais curioso é que o Sr. Carmichael não precisou ir ao pensionato. Miss Minchin dispensou-o desse trabalho, pois veio ela própria buscar a menina. Tinha precisado de Sara, e a cozinheira lhe contou que a menina saíra escondendo alguma coisa debaixo do casaco e entrara na casa vizinha.

Quando Ram Dass anunciou a visitante inesperada, Sara empalideceu e se levantou, assustada. Mas procurou aparentar calma quando Miss Minchin irrompeu na sala com um ar digno e severo. Estava bastante séria, e procurou manter uma polidez rígida e fria:

— Lamento ter de importuná-lo, Sr. Carrisford, mas tenho explicações a lhe dar. Sou a diretora do colégio ao lado.

O dono da casa olhou-a de alto a baixo, em silêncio, observando-a minuciosamente. Era de um temperamento arrebatado e, no estado em que estava, procurou controlar-se para que a cólera não o dominasse.

— A senhora é Miss Minchin? — perguntou secamente.

— Sim, senhor, sou eu mesma.

— Nesse caso — replicou o Sr. Carrisford —, chegou no momento oportuno. Meu procurador, o Sr. Carmichael, ia vê-la agora mesmo.

O Sr. Carmichael e a esposa cumprimentaram discretamente Miss Minchin, que olhava muito espantada para cada um dos presentes, sem entender.

— Seu procurador? Não compreendo... Vim aqui cumprir uma obrigação, pois acabo de saber que uma das jovens do meu pensionato, que eu conservo lá por caridade, teve a audácia de vir importuná-lo sem que eu soubesse.

E virando-se para Sara, falou num tom diferente, sibilando a ordem:

— Volte imediatamente para o colégio. Você será devidamente castigada!

O Sr. Carrisford puxou Sara carinhosamente pela mão e retrucou:

— Não, ela não irá, minha senhora. De agora em diante, ela mora aqui!

Miss Minchin recuou surpresa e cheia de indignação. O Sr. Carrisford pediu ao amigo:

— Carmichael, quer explicar tudo a esta senhora? E faça-o, por favor, o mais rápido possível...

Segurando a mão de Sara como seu pai o fazia, o dono da casa sentou-a no braço de sua poltrona. E todos escutaram o pai da "Grande Família" explicar tudo a Miss Minchin, com a voz calma e serena de um homem que conhece profundamente o seu serviço de procurador e todas as questões legais de casos como aquele. Miss Minchin percebeu isso e decidiu-se a ouvir, embora contrariada.

— O Sr. Carrisford, senhora, era um grande amigo do Capitão Crewe. Eram sócios do mesmo negócio. A fortuna que todos julgaram perdida foi recuperada, e agora está nas mãos do Sr. Carrisford...

— A fortuna?! — exclamou Miss Minchin, cortando o Sr. Carmichael, sem poder controlar-se. — A fortuna de Sara?

— Realmente, será a fortuna de Sara. Aliás, já é, desde agora, a fortuna de Sara. Algumas circunstâncias fizeram com que fosse aumentada de uma maneira incrível. As minas de diamantes estão em franco progresso, e metade delas pertence a Sara.

— As minas de diamantes?! — outra vez exclamou Miss Minchin, quase sufocada pelo espanto que já agora era mesclado a uma surda raiva; pois concluía que se aquilo fosse verdade, nada de pior lhe havia acontecido em toda a sua vida.

— As minas de diamantes, sim, senhora — repetiu o Sr. Carmichael.

Miss Minchin estava perplexa. E o pai da "Grande Família" não pôde deixar de acrescentar, com um sorriso malicioso pouco próprio às suas funções, mas que lhe pareceu sob medida para aquela mulher:

— Não existem muitas princesas reais que sejam mais ricas do que Sara Crewe, aluna que a senhora conserva por caridade, mas a quem tem tratado como uma escrava... Há dois anos que o Sr. Carrisford a procura. Agora que finalmente a encontrou, vai tomar conta dela.

A seguir, o Sr. Carmichael pediu a Miss Minchin que se sentasse, pois pretendia explicar-lhe a situação em detalhes. Provou com clareza que o futuro de Sara estava garantido, pois tudo que parecia perdido fora não só recuperado mas multiplicado por cem. Acrescentou que o Sr. Carrisford seria para Sara mais que um tutor. Seria um segundo pai.

Miss Minchin não era muito inteligente e, na agitação que se apossou dela, foi bastante tola para debater-se num esforço desesperado de recuperar o que acabava de perder.

— Mas ele a encontrou na minha casa! Eu me dediquei a ela. Sem mim, teria morrido de fome na rua!

A essas palavras, o Sr. Carrisford não se conteve:

— Quanto a morrer de fome na rua, isso não seria muito mais triste do que morrer de fome no sótão de seu colégio...

A outra se desesperou.

— Mas foi a mim que o Capitão Crewe a confiou! É na minha casa que deverá ficar até a maioridade. Preparei novamente o seu apartamento. Afinal, é preciso terminar a sua educação. E a lei me apoiará, estou certa!

Outra vez o Sr. Carrisford se manifestou:

— Ora, vamos, Miss Minchin. Tanto eu, quanto o Sr. Carmichael, quanto a senhora sabemos que a lei não está do seu lado. Se Sara desejar voltar para o seu colégio, aí sim: ninguém a impedirá. Mas isso depende exclusivamente da vontade dela.

Miss Minchin não percebeu que jamais deveria fazer o que fez a seguir. Cega pela cobiça, voltou-se para Sara, sem o menor pudor por ser tão hipócrita:

— Então, me dirijo a Sara. Escute, meu bem: posso não tê-la mimado... Mas você sabe, querida, que seu pai estava satisfeito com seus progressos no colégio e... eu sempre tive afeição por você...

Até ali, Sara escutara tudo sem um movimento, sem piscar os olhos. Naquele momento, deu um passo em direção a Miss Minchin e parou. Lembrou-se de que aquela mulher lhe dissera várias vezes que ninguém se interessava por ela, e que corria o risco de ser posta na rua a qualquer momento. Lembrou-se de tudo que sofrera; reviveu num segundo tudo que passou no sótão e pelas ruas nas noites geladas, com fome e frio, tendo consolo apenas na afeição de Becky, Emily e Melchisedec. Olhou Miss Minchin bem de frente, e declarou com firmeza:

— Não quero voltar para sua casa, e a senhora sabe muito bem por quê!

Miss Minchin ficou vermelha de raiva, e respondeu como ameaça:

— Pois então você nunca mais verá suas colegas! Eu saberei impedir que Lottie e Ermengarda tenham relações com você, e…

O Sr. Carmichael interrompeu-a com polidez, mas firmemente:

— Desculpe, mas ela verá quem quiser. Não é possível que os pais das colegas de Sara Crewe recusem os convites que ela fará para que venham à casa de seu tutor. O Sr. Carrisford e eu saberemos como agir.

Miss Minchin compreendeu que devia confessar-se vencida. Uma mulher interesseira como ela era percebia muito bem que os pais de suas alunas jamais recusariam a suas filhas ficarem amigas de uma herdeira de minas de diamantes. E se o Sr. Carrisford lhes contasse como Sara fora infeliz no seu internato, isso poderia prejudicá-la muito, talvez até arruiná-la. Mas, embora entregando os pontos, não soube fazê-lo sem dar mais uma prova de sua natureza má. A frase que encontrou para demonstrar que se dava por vencida foi esta:

— Pois saiba que assumiu uma tarefa nada fácil, cavalheiro! Descobrirá em pouco tempo que ela não é uma criança sincera, nem reconhecida. — E, voltando-se para Sara: — Estou certa de que você já está se sentindo uma princesa de novo!…

Sara baixou os olhos, encabulada. Sempre receava que aquela sua fantasia de se conduzir como uma princesa fosse mal interpretada pelas pessoas que não a conheciam bem, mesmo as que estivessem imbuídas das melhores intenções para com ela. Mas logo se recuperou. Seu orgulho a fez recobrar a segurança e ela desabafou, com toda a altivez:

— Por que "de novo"? Saiba que, durante todo o tempo em que estive sob seus cuidados, eu não fiz senão isso: tentar sentir-me uma princesa. Eu sempre tentei! Principalmente quando passava fome e frio, tentava com todas as minhas forças imaginar-me uma princesa, sim, senhora! E foi graças a isso que consegui suportar todos os sofrimentos e as humilhações que a senhora me fez passar!

Já se retirando seguida de Ram Dass, Miss Minchin ainda lhe disse com ar de deboche, à guisa de despedida:

— Que bom que agora não precisará mais esforçar-se, não é?

Voltando para casa, Miss Minchin chamou imediatamente a irmã. As duas ficaram trancadas a sós o resto da tarde, e não há dúvidas de que a pobre Miss Amélia passou maus momentos. Uma de suas observações inábeis quase levou Miss Minchin a arrancar-lhe a cabeça. Mas sua reação, dessa vez, foi diferente: em vez de submeter-se à fúria da irmã, Miss Amélia ousou enfrentá-la:

— Não sou tão inteligente quanto você, minha irmã, e você está acostumada a que eu receie a sua cólera. Mas seria muito melhor para o colégio, para as meninas e para nós duas, que eu não fosse tão tímida e tivesse coragem de dizer-lhe as verdades que precisa ouvir. Pois digo-lhe agora que sempre achei que não era correto tratar Sara Crewe com tanta severidade, nem vesti-la e alojá-la tão mal! Era evidente que ela trabalhava demais e comia de menos!

— Como se atreve a me dizer tais coisas?! — esbravejou Miss Minchin.

— Não sei como ouso, mas agora que comecei direi tudo que penso, sem temer consequências. Sara sempre foi delicada e boa. Você não perderia em tratá-la com benevolência. Mas a verdade é que você não gostava dela porque via que ela era inteligente e compreendia o seu jogo!

— Amélia! — berrou a outra, furiosa.

— É isso mesmo: ela a enfrentava, sabendo muito bem que você era uma mulher dura e sem coração, e eu uma bobalhona fraca e covarde! E que nós duas éramos interesseiras e vulgares a ponto de nos ajoelharmos diante da sua fortuna, da mesma maneira que fomos capazes de maltratá-la quando ela perdeu tudo. E, mais ainda, que você chegava a odiá-la porque ela conseguia portar-se como uma princesa mesmo quando nós a transformamos numa escrava!

— Cale-se! — gritou outra vez Miss Minchin sem, no entanto, conseguir conter a irmã.

— E agora que a perdeu, um outro colégio vai beneficiar-se da fortuna que voltou às mãos dela, muito maior que antes! E peça a Deus que Sara continue a ser boa e a portar-se como a princesa que você odiava. Pois se ela passar a portar-se como as outras, certamente contará a todo mundo como nós a tratávamos. E perderemos todas as alunas, e isso será a nossa ruína! Mas se isso acontecer, estaremos tendo o que merecemos. Principalmente você, Maria Minchin, que é a mulher mais áspera, mais egoísta e mais interesseira que eu conheço!

Miss Amélia estava em tal estado, agitava-se tanto e falava tão alto que a diretora conteve o seu ímpeto de esmagá-la, compreendendo a necessidade de acalmá-la e evitar um escândalo. Dizer tudo aquilo custara tanto a Miss Amélia que foi dominada por uma violenta crise nervosa. Mas a cena teve seu resultado positivo, pois daquele dia em diante Miss Minchin passou a tratar com mais respeito aquela irmã que, a despeito de parecer uma boba, mostrara tal capacidade de dizer verdades incontestáveis, se bem que desagradáveis de ouvir.

Naquela mesma noite, quando as alunas estavam reunidas no salão, Ermengarda entrou com o rosto iluminado por uma expressão de felicidade, exibindo uma carta que acabara de receber. Todas se acercaram perguntando do que se tratava, e Lavínia acrescentou:

— Será alguma coisa sobre a cena de Miss Minchin com a irmã? Miss Amélia teve um ataque de nervos tão forte que precisou ser carregada para a cama.

Agitando a carta no ar como se fosse algo valiosíssimo, Ermengarda explicou pausadamente, mas cheia de entusiasmo:

— Acabo de receber esta carta de Sara!
— De Sara? — duvidaram todas, ao mesmo tempo.
— E onde está ela? — perguntou Jessie, agitadíssima.
— Na casa aqui ao lado!...

As meninas bombardearam Ermengarda com perguntas, sem dar-lhe tempo de responder nenhuma:

— Onde? Então ela foi mandada embora?
— Será que Miss Minchin sabe que ela está lá?
— Então foi isso a causa da tal cena de ainda agora?
— Fazendo o que lá?
— Por que ela escreveu essa carta?

Elas gritavam tanto, ao mesmo tempo, e precipitaram-se sobre Ermengarda para arrancar-lhe a carta com tal furor, que Lottie começou a chorar. Esquivando-se das investidas e botando as mãos para trás para proteger a carta, Ermengarda resumiu para as colegas o ponto essencial, que achava suficiente para explicar o resto:

— As minas de diamantes existiam mesmo!

Só havia em volta dela rostos embasbacados. Transbordante de entusiasmo, Ermengarda prosseguiu com uma desenvoltura que nunca tivera:

— As minas existem! Minas de verdade, enormes! E houve um mal-entendido, quando o Sr. Carrisford fugiu pensando que estava arruinado.

— E quem é esse Carrisford? — perguntou Lavínia, sem vontade de acreditar.

— É o homem que mora na casa do lado. Era o sócio do pai de Sara!

Com o espanto geral crescendo sempre, Ermengarda contou tudo que já sabemos, e que Sara resumira na carta. E arrematou:

— O Sr. Carrisford descobriu Sara hoje, e ela vai morar com ele! Nunca mais voltará aqui, e será então mais princesa do que nunca. Cento e cinquenta mil vezes mais! E convidou-me para visitá-la amanhã à tarde!

Se acaso Miss Minchin ouviu a confusão que se seguiu, não tentou acabar com ela. Estava sem coragem de encarar naquele dia qualquer outra pessoa além de Miss Amélia que, inclusive, ainda inspirava cuidados e a ocupava junto ao leito. A diretora tinha certeza de que as alunas já sabiam da discussão e de tudo que lhe dissera a irmã. E que isso seria naquele dia o assunto de todas, tanto alunas quanto empregadas.

Com todas essas alterações na rotina do internato, a pobre Becky — que também soubera das notícias sobre Sara — conseguiu ir mais cedo para o sótão. Queria ficar só, e dar uma última olhada naquele quarto encantado, cuja moradora não voltaria. Que aconteceria com tudo que lá estava?

Não acreditava que fossem deixar Miss Minchin apossar-se do que era de Sara. Tinha certeza de que levariam tudo embora e que o quarto voltaria a ser despido e feio. Subindo a escada, já tinha o coração pesado e os olhos molhados de lágrimas. Estava feliz com a felicidade de Sara, mas, ao mesmo tempo, entristecida pela ideia de que não haveria mais fogo gostoso na lareira, nem a luz rosa e suave da lâmpada de louça, nem ceia. E, principalmente, não haveria mais a pequena princesa ao seu lado, contando histórias e encantando-a com suas fantasias...

Ela abriu a porta do quarto de Sara sufocando um soluço. Mas não pôde conter um grito de admiração: a lâmpada rosa inundava o quarto com sua claridade morna, o fogo crepitava na lareira e, na mesa, uma ceia igual às outras estava servida só para uma pessoa! Maior espanto ainda teve Becky ao se deparar com Ram Dass, de pé num canto do quarto, sorrindo para ela.

— A Srta. Sara contou a *Sahib* Carrisford a sua história. Ela quer que sua amiga não somente saiba o quanto ela está feliz, mas vá dormir feliz, também. Para isso, mandou-lhe aquela carta que está ali na lareira. E meu *Sahib* a convida para ir à casa dele amanhã. Depois que acabar de comer, vou levar todos esses objetos de volta pelo telhado.

Tendo dito isso, Ram Dass inclinou-se respeitosamente diante de Becky. E sorriu-lhe ainda uma vez, enquanto desaparecia pela abertura do "pedaço do céu" com tal agilidade que Becky compreendeu logo quem era e como entrava tão misteriosamente no sótão aquele que operava as maravilhas que haviam proporcionado a ela e a Sara momentos tão felizes.

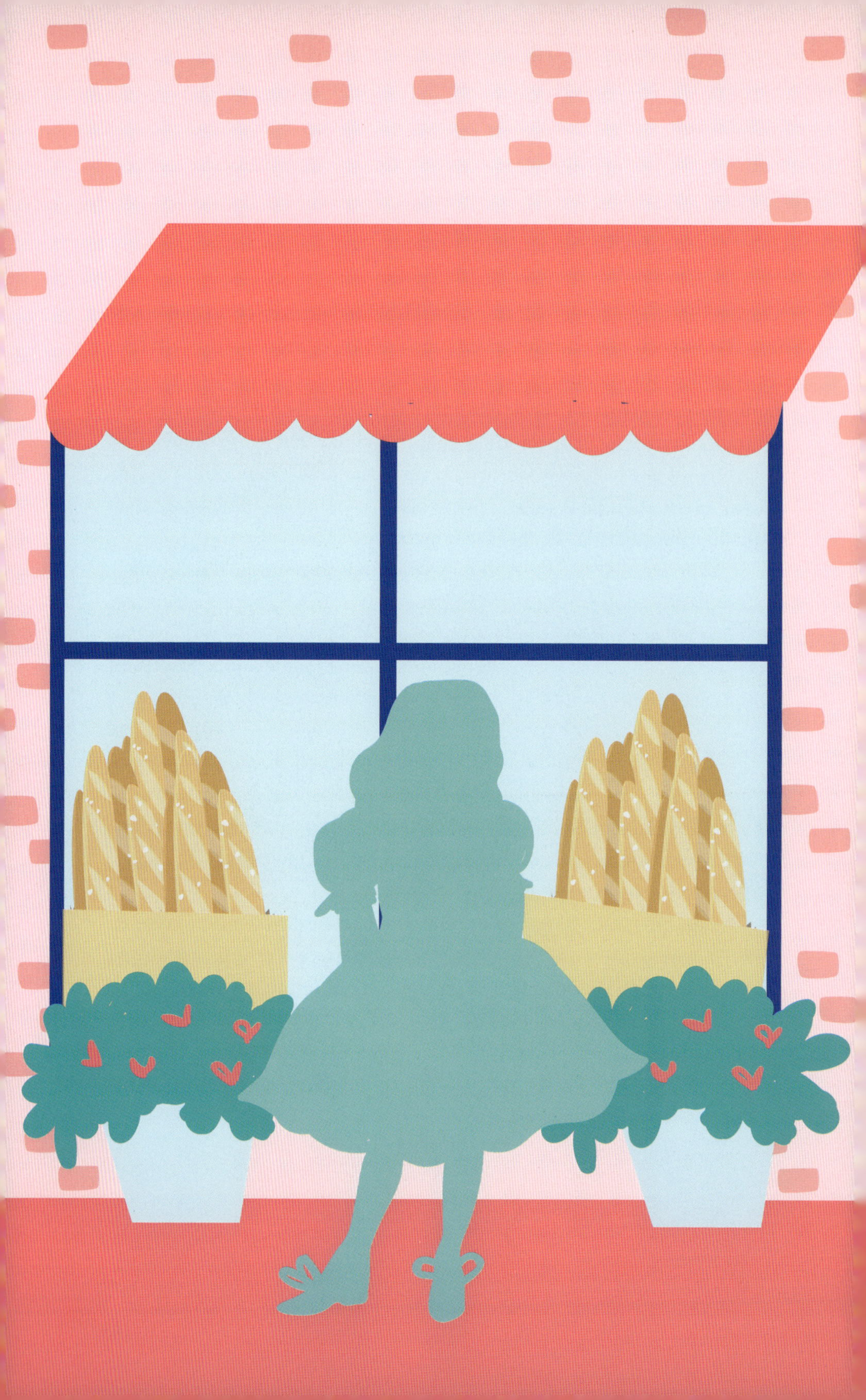

CAPÍTULO 19
ANA

Nunca reinara tanta alegria entre as crianças da "Grande Família". Nenhum dos filhos do casal Carmichael havia suposto que o fato de conhecerem mais de perto "A Menina Que Não Era Mendiga" poderia lhes proporcionar tanta satisfação. O simples relato de seus sofrimentos e aventuras conferia àquela criança um valor inestimável. E ela chegava a parecer até um ser irreal, quando contava sobre Melchisedec, sobre os pardais, e sobre tudo que se podia ver trepando na mesa e pondo a cabeça para fora do "pedaço de céu" no antigo quartinho do sótão. A fantasia de Sara enriquecia cada detalhe, a ponto de deslumbrá-los.

Naturalmente o que fazia mais sucesso era a descrição das ceias noturnas transportadas pelo telhado por Ram Dass; principalmente a convicção que Sara tinha de que vivia um conto de fadas transformado em realidade.

Sara contou tudo isso pela primeira vez logo no dia seguinte àquele em que fora encontrada, quando os pequenos membros da "Grande Família" vieram tomar chá com ela. Reunidos perto do fogo junto ao qual repousava o Sr. Carrisford, constituíam um quadro de alegria que enchia de felicidade o coração daquele bom homem. Terminando sua narrativa, Sara chegou-se a ele e pôs a mão sobre seus joelhos.

— Isso é a minha parte da história. Agora o senhor não queria contar-nos o que se passou aqui, do seu lado da parede?

Ele lhe pedira que ela sempre o chamasse de "Tio Tom". E Sara assim o fez, quando comentou com as crianças:

— Não sei os detalhes do papel que Tio Tom representou. Mas certamente foi o papel mais bonito dessa minha história!

O Sr. Carrisford contou então que, vendo-o doente, só, triste e preocupado, Ram Dass tentava distraí-lo constantemente, falando de tudo, até das pessoas que passavam diariamente diante da casa. Dentre essas, referia-se sempre a uma menina da casa ao lado, e ele, o "Tio Tom", passou a interessar-se por ela. Quando o macaquinho fugiu a primeira vez, Ram Dass descobriu toda a pobreza em que ela vivia, contou como era fácil chegar ao quartinho dela pelo telhado, e esse foi o ponto de partida de tudo que aconteceu depois.

Tudo fora mais fácil porque Ram Dass sentia e lhe transmitia um prazer infantil em imaginar com ele o que podiam fazer de novo cada dia, para alegrá-la. E os preparativos enchiam seus dias, que antes eram monótonos. Na noite do "festim" interrompido por Miss Minchin, Ram Dass tinha montado guarda deitado no telhado, olhando pela vidraça tudo que acontecia. Pois já tinha prontos no seu quarto todos os móveis e objetos que levaria pouco depois ao sótão de Sara. Só o fez tão tarde porque Sara, promovendo a sua recepção de faz de conta, demorara muito a ir dormir. Deitado sobre as telhas, Ram Dass vira a chegada de Miss Minchim acabando com a festa daquela maneira desastrosa. Um pouco mais tarde, vendo como era profundo o sono de Sara, ele entrou no quarto. E outro criado que o seguira lhe passava de fora todos os objetos que trazia pelo telhado.

— Estou tão feliz, Tio Tom, em saber que o meu amigo mágico e desconhecido era exatamente o senhor, amigo também de meu pai!...

E os dois se tornaram os melhores amigos do mundo. O Sr. Carrisford rapidamente esquecia seus antigos sofrimentos, a doença o ia abandonando e, como previra o Sr. Carmichael, ao fim de um mês já era um outro homem.

As tardes em que Sara convidava a "Grande Família", ou aquelas em que Ermengarda e Lottie vinham visitá-la, eram muito agradáveis. Mas, no fundo, Sara preferia as horas em que podia ficar só com o Tio Tom, conversando ou lendo. Certa noite em que lia perto dela, levantando os olhos o Sr. Carrisford reparou que sua pequena companheira estava parada, pensativa, olhando gravemente o fogo.

— O que é que você está imaginando, Sara?

— Estou lembrando o dia em que tinha fome e encontrei uma mendiga mais faminta que eu...

— Mas você mesma passou fome muitas vezes, meu bem... A que dia você se refere, precisamente?

— Acho que ainda não lhe contei. Foi exatamente no dia em que, voltando mais tarde ao sótão, o meu sonho começou a se tornar realidade, com a primeira ceia que Ram Dass levou.

E ela contou em poucas palavras o episódio da moeda achada na lama e dos pãezinhos dados à criança que tinha ainda mais fome que ela. O Sr. Carrisford ficou visivelmente emocionado, e Sara acrescentou, voltando a olhar o fogo:

— Estou imaginando um plano!

— E qual é? — perguntou o Sr. Carrisford interessado, ajuntando: — Você sabe bem que pode fazer o que quiser, pequena princesa.

— Eu gostaria... — mas Sara hesitava. E resolveu perguntar: — O senhor diz que eu hoje sou rica, não é? Será... será que não poderia ir ver a dona da padaria e pedir-lhe que quando as crianças pobres aparecerem com fome e pararem diante da sua porta, ou ficarem olhando as vitrines da loja com gula, ela as faça entrar e lhes dê qualquer coisa para comer? Eu pagaria as contas, depois. Poderei fazer isso?

— Claro que pode. Iremos lá amanhã de manhã mesmo!

— Muito obrigada, Tio Tom. Eu sei o que é sentir fome... O senhor não pode imaginar o que seja isso, principalmente quando a fome é tão forte que a gente não consegue nem fazer de conta que não sente.

— Certo, meu bem... — concordou o Sr. Carrisford. — Mas agora procure esquecer isso, e lembrar apenas que você é uma princesa!

Olhando pela sua janela no dia seguinte, Miss Minchin assistiu a uma cena que talvez tenha sido a que ela menos desejava ter visto. O belo carro do Sr. Carriford parado em frente à casa vizinha, cuja porta se abriu para surgirem o dono da casa e uma menina vestida como uma princesa. Era aquela figurinha tão familiar à diretora, e que a fez lembrar e lamentar certos dias passados. Logo surgiu na mesma porta outra figurinha não menos familiar seguindo as duas primeiras, como que para mostrar a Miss Minchin que os tempos eram realmente outros. E que ela tinha perdido muito com isso. A visão dessa outra criaturinha irritou mais ainda Miss Minchin. Era Becky, felicíssima no seu novo papel de camareira de Sara. Como Miss Minchin pôde constatar mesmo de longe, Becky era outra, no seu ar de transbordante satisfação e na sua aparência muito mais saudável. Miss Minchin viu Becky entregar a Sara o belíssimo casaco de arminho que trazia para ela, viu Tio Tom e Sara entrarem no carro e ficou olhando Becky acenar para a patroazinha, enquanto o carro se afastava.

Pouco depois era a dona da padaria que via aquela carruagem luxuosa parando em frente à sua loja, no exato momento em que, por curiosa coincidência, ela colocava na vitrine uma bandeja cheia daqueles pãezinhos quentes.

Quando Sara e Tio Tom entraram na loja, a mulher deixou a vitrine e colocou-se atrás do balcão. Tinha a impressão de que já vira alguma vez aquela rica menina, mas não se dava conta de quando nem onde. De repente, lembrou-se de tudo. Mas não podia acreditar! E falou, confusa:

— Desculpe, senhorita... Se não estou enganada... eu... acho que a estou reconhecendo, mas... Não, devo estar enganada...

— Sou eu mesma, aquela a quem a senhora deu seis pãezinhos pelo preço de cinco...

— E a senhorita deu cinco deles a uma pequena mendiga. Foi sim! Sempre me lembro do fato e da senhorita, mas... não pude reconhecê-la logo. — E voltando-se para o Tio Tom, que a tudo observava: — Peço desculpas, senhor, mas nunca pude esquecê-la! Não é qualquer criança que dá o que tem a outra, quando necessita tanto... — E voltando-se outra vez para Sara, procurou palavras para expressar sua surpresa: — E a senhorita também me desculpe a liberdade, mas agora... está com muito melhor aparência e... mais bem-disposta do que... naquele dia!

— Sim, estou melhor, obrigada — respondeu Sara com toda a naturalidade. — E sou mais feliz, agora. Por isso queria pedir-lhe um favor.

A mulher espantou-se.

— A mim, senhorita? Quem sou eu... Mas, pois não, peça, e eu o farei com todo o prazer.

Sara revelou-lhe seu plano com relação às crianças pobres e os pãezinhos quentes, nos dias de inverno. A dona da padaria admirou-se, mas logo concordou, satisfeita:

— Será um prazer para mim, senhorita. Sou pobre e ganho a vida nisso, portanto não poderia fazer caridade por minha própria conta, apesar de ver a miséria em que tantos vivem. Mas me permita dizer que, depois daquele dia, seguindo seu exemplo, já dei muitos e muitos pãezinhos a crianças necessitadas. E saiba que o fiz em sua homenagem! Não consigo tirar da lembrança a sua figurinha, tão pobre e tão fraca, mas que esqueceu de si mesma e deu seus pãezinhos à menina mais pobre, como se fosse uma pequena princesa!...

Ao ouvir essa palavra aplicada a Sara por mais uma pessoa, o Sr. Carrisford sorriu satisfeito. E Sara também sorriu, lembrando-se do que dissera a si própria naquele dia, buscando forças para desfazer-se dos pãezinhos e dá-los à pequena mendiga. E, sorrindo, justificou:

— Fosse eu princesa ou não, a pobre menina tinha todo o aspecto de quem sofria mais fome que eu.

— Sim, ela estava mesmo faminta! — exclamou a mulher. E prosseguiu: — Ela me confirmou isso depois, contando muitas vezes que naquela célebre noite parou ali na porta com o estômago vazio e doendo como se um ratinho estivesse lá dentro, roendo.

— E a senhora tornou a vê-la, depois daquela noite? E sabe onde ela está? — perguntou Sara, interessadíssima.

— Tornei a vê-la, sim. Aliás, vejo-a o tempo todo: ela está lá dentro, no fundo da loja, pois trabalha comigo agora. E até já perdeu o ar e as maneiras miseráveis que tinha. Tem progredido muito, sendo já uma boa empregada tanto para me ajudar na cozinha como para atender os fregueses. Uma mudança que chega a parecer incrível, quando nos lembramos do estado em que ela estava há tão pouco tempo...

A mulher foi à porta que dava para a cozinha da loja, chamou a menina e esta atendeu prontamente. Com dificuldade, Sara reconheceu seu rostinho agora limpo, emoldurado por uns cabelos perfeitamente penteados e uma touca branca bem posta na cabeça. Seu aspecto era totalmente outro, saudável, mostrando que já comia bem desde um bom espaço de tempo. Parecia um tanto tímida, mas tinha uma carinha bonitinha, bem diferente do rosto selvagem e sofrido de antes. E o medo arisco tinha sumido de seus olhos. Ela reconheceu Sara num instante, mas ficou olhando-a admirada, com os olhos parados, como se, por mais que olhasse, nunca fosse acreditar no que via. A mulher cortou o silêncio, dizendo a Sara:

— Naquele mesmo dia, eu disse a ela que viesse sempre que sentisse fome. E conforme ela vinha, eu ia lhe dando um servicinho ou outro. Notei o quanto ela tinha de boa vontade, e como se esforçava por fazer bem o que eu mandava; ao mesmo tempo que constatava o quanto nos entendíamos bem. E comecei a gostar dela. E o fim disso foi que eu acabei por lhe dar emprego fixo e moradia. E não me arrependi: ela me ajuda de verdade, e se porta muito bem. E é, além disso, muito grata. Mas só sei que se chama Ana. Nem ela sabe se tem sobrenome.

As duas meninas olhavam-se com ternura. E assim ficaram, por um instante. Logo Sara estendeu a mão à pequena Ana. Esta pegou a mão da pequena princesa e, por outro instante, as duas mãozinhas se uniram e se estreitaram ao mesmo tempo que as meninas trocavam um sorriso de simpatia e afeição.

— Estou muito contente de encontrá-la aqui, Ana! E se a dona da padaria concordar, quero que seja você mesma quem entregue os pãezinhos às crianças. Sei que gostará de fazer isso porque, como eu, você sabe muito bem o que é ser criança e ter fome.

Ana estava comovida e, no seu acanhamento, só soube responder:
— É verdade, senhorita.

E Sara sentiu que Ana a compreendera perfeitamente, apesar das poucas palavras com que respondeu, a olhá-la embevecida. E de continuar olhando-a assim, embevecida, até Sara sair da loja pela mão do Tio Tom e entrar com ele na carruagem com a dignidade de uma pequena princesa.

Direção editorial
Daniele Cajueiro

Editora responsável
Mariana Elia

Produção editorial
Adriana Torres
André Marinho

Revisão
Thais Entriel
Carolina Vaz

Projeto gráfico de capa e miolo
Larissa Fernandez Carvalho

Diagramação
Leticia Fernandez Carvalho

Este livro foi impresso em 2019
para a Nova Fronteira.

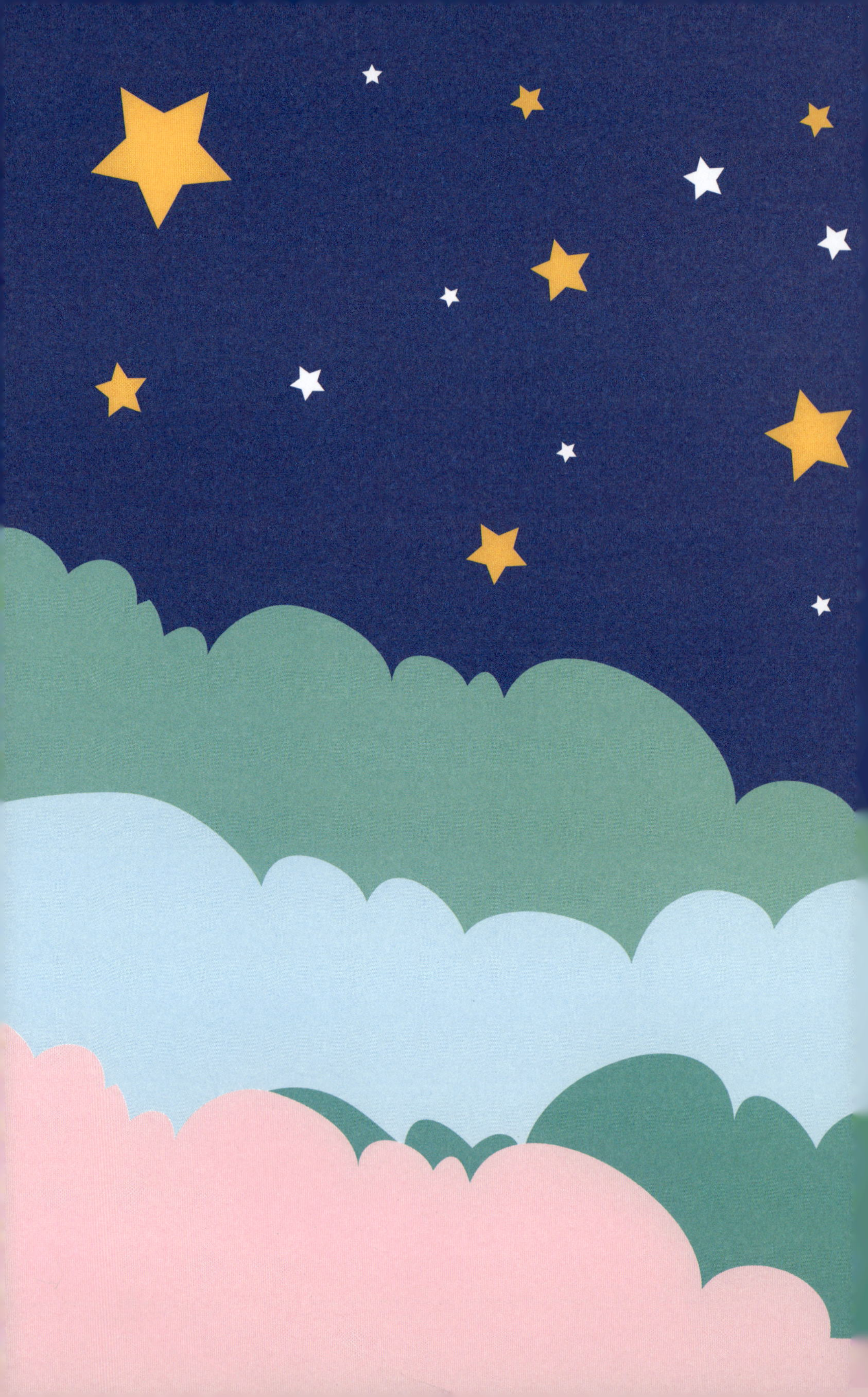